星降る夜、アルル

織江耕太郎
Orie Kohtaro

論創社

目次

主要登場人物

谷島広樹　大日新聞社会部記者。かつての恋人・柳原文子の死の真相究明に奔走する。
柳原文子　翻訳家。谷島広樹と再会した二日後に死亡。生存中、ある殺人事件を追っていた。
木内靖夫　國広物産社員。柳原文子のかつての恋人。谷島広樹とは大学同期。柳原文子の死を境に消息を絶つ。
柳原智彦　柳原文子の一人息子。学生。谷島広樹とともに、母の死の真相究明に動く。
相川達也　愛国右翼。歴代総理の知恵袋として活躍。米国、中国に独自の人脈をもつ。同時に、国内での影響力も絶大で、保守、革新、政財官界、法曹界、マスメディアに知己多数。
品川桃子　相川達也の愛人。女優。熱海にある相川達也の別荘で同居している。
吉良恒夫　広域暴力団・吉良組の次期組長候補。先代組長の養子。
三島十三　相川達也の盟友。熱海在住。
郷原浩輔　与党・民自党所属の代議士。油田開発に絡む疑獄事件の首謀者とみられている。元暴力団員。
桐山豊水　総会屋。郷原代議士と親しい。

星降る夜、アルル

織江耕太郎

第一章　文子の死

1

冷蔵庫の中には氷とミネラルウォーターだけが大量にあった。氷は冷凍庫でできる自家製のものではなく、酒屋で売っている形が不ぞろいなものだ。オンザロックには欠かせないが、女房が私の嗜好を考慮して買い置きしたものでないことは明らかだった。ビニールパックされたひと袋を手に持つと、その重量感と冷たさに歓喜の声をあげそうになった。じくじくと痛む頬骨と唇に当てれば、こころの苦味は消えないにしても、わずかでも安堵のため息をつくことができる。そう思ったが、女房に見透かされたような行動を執ることには抵抗があった。ほら見たことか。いい歳したおじさんが何してるのよ。声まで聞こえてくるような気がした。

冷蔵庫のドアが閉まる音はとても軽やかだった。その音を聞いて喉の渇きを意識した。傷口は薬で治せるが、喉の渇きは薬では癒せない。もう一度冷蔵庫をあけ、ペットボトルを取り出した。ふたをあけるのももどかしかった。貪るように飲んだ。喉の渇きはぴたりと止まった。女房の自信満々な姿が目に浮かぶ。

私の素行に嫌気がさして実家に帰ったこと、子供二人を連れていったこと、さらには、たった一枚の置手紙で済ませたこと、あらゆることが私には不満だったが、大量の水の買い置きをしてくれたことには、たとえそれがちょっとした嫌味であっても感謝しておこう。

窓の外で子供の声がした。カーテンをあけると、下の路上で隣の子供がラブラドールと遊んでいた。木蓮の花びらが赤く光ったので時計を見ると、すでに五時を回っていた。

朝帰りして、女房からの三行半《みくだりはん》の文面にわずかな悔恨を抱きながらも、事態の重みを理解できないまま読み終えてベッドに倒れこんだところまでは覚えている。そのあとの記憶は夢だろうか。ほとんど眠らなかったような気がする。新宿で文子と偶然に出会ったことが神経を昂ぶらせていたのかもしれない。

文子と共有した時間は七時から九時までの二時間。その短い時間に交わした会話、彼女の表情、つけていた香水のほのかな香り、やわらかそうな肌、憂いを帯びた目。すべてが私の記憶に新しい。

夢だったはずはない。そう思い直して私は居間に戻り、先ほど目を通したばかりの夕刊をもう一度開いた。社会面に書かれたわずか三十数行の小さな記事。信じられないことだったし、信じたくなかった。

『四日午前二時ごろ、東京都中野区野方四丁目のマンション敷地内で女性が倒れているのを通りがかりの男性が見つけ、一一九番に通報、駆けつけた救急車で病院に搬送された。通報した男性はマンションの三階から女性が飛び降りるところを目撃している。女性は、その部屋の居住者の柳原文子さん（45）とみられる。警察は関係者への聞き取りを開始した』

間違いはなかった。同じ氏名の別人が、年齢、住所まで同じであることは、ほぼない。柳原文子は、新宿で二十数年ぶりに再会した文子でしかあり得なかった。

直線的に夕日が差し込む居間で、私はソファに腰を落とし両足を投げ出したまま、わずかしかない事実の断片を整理し始めた。

文子と出会ったのは七時前のことだった。

ネオンがきらめき始めた歌舞伎町をあとにして駅に向かい始めたとき、雑踏の中を歩く女の姿が目に入った。

女は体格のいい男に腕を絡ませていた。右足をわずかに引きずる女の歩き方に見覚えがあった。二人を追い越してから無遠慮に振り返った。

女が眼鏡越しに私をちらりと見た。私は前を向いて歩きだそうとした。二十余年の歳月が思い違いをさせたと思ったのだ。しかし、私の視線を受けた女はそれがいつもの癖であるかのように、前髪をほっそりとした手で払った。

顔の輪郭が見えた。

読書で削いだような額と三日月形の濃いめの眉毛。その下には近視にありがちな澄んだ瞳がある。その瞳が大きく開き、驚きの色を濃くした。女は何やら小声でつぶやきながら近づいてきた。

「二十三年三か月ぶりってとこかしら」

「そのくらいだな」

と、私は答えた。

風俗店の呼び込みの声を避けながら細い道に入り、目についた焼き鳥屋へ入った。一つだけ空いていたテーブルにつき、はちまきをした店員に促されるままに生ビールとつまみを五品ほど注文した。運ばれたジョッキを軽く合わせたあと、文子は連れの男を婚約者だと紹介した。

笑うと彼女の目尻に二本の皺が走ったが、文子の美貌を損なうほどではなかった。私は彼女から目を離し、婚約者がくれた名刺を一瞥した。

羽田金属株式会社　営業部長代理　山崎宗一郎。厚めの名刺だった。私はビールのしずくがつかないようにテーブルの右端に置いた。

「こちらは新聞記者をしている谷島さん。谷島、何さんだったっけ?」

「……」

苦笑してみせたが、うまくいかなかった。

名前を忘れるくらいの間柄なのだという婚約者へのメッセージならば、それなりの立場を演じればよいだけだ。

私は手帳から名刺を二枚取り出し、二人に渡した。

「あらあら……偉くなったじゃない」

谷島広樹と刷られた名刺をさっと見た文子は、社会部次長の肩書きに注目した。

「その名刺しかないんだ」

「どういうこと?」

文子が訊いた。

「その部署は先日くびになった。いまは社史編纂室という、名刺を必要としないところにいる」

「はは――ん」

文子がにやりと笑った。

「それでわかったわ。ときおり不満の山が噴火するってわけね。そして、火砕流を外に思いっきりまき散らす……顔の腫れ、ちゃんとわかるわよ」

私は苦笑した。

「勝ったの?」

「よく見ないとわからないぐらいの腫れなら、勝ったんだろうな」

「でも、あしたの朝、鏡の前で負けを意識させられるかもね」

殴られたところに手を当てると熱っぽく、じくじくと痛みだしていた。顔を歪ませると、文子は笑った。

「正義の喧嘩？」

私は首を横に振った。世の中に正義が存在することを信じていた時期は短かった。正義と不正に境界がないことに気づいたのは早かった。そして正義と不正が等式で成り立つことに気づいたのはつい最近のことだ。

「正義という死語を聞いたのは久しぶりだ」

「相変わらずね」

文子は、はちまきの店員を呼び、私の顔を指差しながら言った。「氷をもらえますか、五、六個でいいんだけど」店員は頷いて足早に厨房に去っていった。

似たようなことが何度かあった。殴られて文子がいた店に転がり込んだときもそうだったし、店の客と喧嘩したときもそうだった。相変わらずね、という彼女のそのひと言を聞きたいがために強くもない喧嘩を売り買いしていたような気がする。

文子は氷を包んだハンカチを私の頬に近づけようと手を伸ばしてきた。私はそれを避けるためにわずかに顔を引いた。妙な誤解をされたくなかった。婚約者は笑って見ているが内心愉快でないことは容易に察することができる。私はハンカチを受け取り顔に当てた。熱をもった頬に心地よい。

「打撲だけのようですね」

私の頬のあたりを見つめながら山崎が言った。

「この人、空手やってたから、そのへんには詳しいのよ」

「……空手ですか」

あらためて山崎に視線を移すと、目を糸のようにして笑顔を見せている。頑丈な首回りとからだ全体の骨格は空手よりも柔道の経験者のように思えたが、若いころはスリムで敏捷だったのかもしれない。

「学生時代にちょっとかじっただけです。学校出てからはもうご無沙汰で……練習きついし、痛いんですよ。情けない男だってよく言われます」

「でも、大会でいいとこまでいったらしいわよ、ねえ」文子が誇らしげな表情で山崎の顔をのぞき込んだ。「銅メダルだったっけ?」

「個人戦三位。まあ昔のことですけど」

山崎が答える。二人の視線が絡み合った。

「私たちって、二人とも二回目なのよ」

「結婚が、ってこと?」

「そう。この人の前の奥さんは三年前に亡くなってね。はげましているうちにこの人、勘違いしたみたい。三回忌が終わったとき、指輪をもってきてさ、結婚してくれ、だもん。まっ、いいかって感じかな」

文子は山崎を横目で盗み見ながら、ちろりと赤い舌を出して見せた。

文子の話だと、最初は奥さんの方と親しかったのだという。以前住んでいた下落合のマンションで隣同士だったらしい。

「先週の日曜日に彼女のお墓に報告に行ったの。報告っていうより、お許しを得るためって言った方がいいのかしら……彼女にはお世話になりっぱなしだった。長いつきあいだったのよ。私が前の亭主と別れるころはよく愚痴を聞いてくれたし、きちんと別れてからも何かと相談に乗ってもらった。若いのになかなか歯切れのいい人で」

山崎とその周辺のことが話題の中心を占め始めていることに私は気づいていた。それは文子の山崎に対する思いやりなのだろうと思った。それが私には面白くなかった。左頬に手をやり、ビールを喉に流し込み、煙草を続けて二本吸った。

私は疲れていた。頬骨がうずいてきたことが苛立ちを倍化させた。すっぽりと幸せの衣にくるまれた二人を祝福できるほど大きなこころを持ち合わせてはいないし、たとえ持っていたとしても、いまの私には文子たちに寛容さの大盤振る舞いができるほどの余力はなかった。

私の苛立ちに気がついていたのかもしれない。文子が私の顔を見つめた。

「パーティやるんだけどさ」文子は私のコップに冷酒を注いだ。「ごく親しい人たちだけでやろうと思ってるの。あなたも来てくれない？」

「いや、遠慮しておく」

「どうして？　木内くんも招待しようと思ってるんだけど。あなたたちずいぶん会ってないんじゃない？」

「居所を知らないからな」

「あら、私だって知らないわ。でも、そんなの調べればすぐにわかるじゃない。大手商社なんだから」

「まだいるのか？　あそこに」

「だから、知らないって言ってるじゃない」

文子はおこったような口調で言った。

木内とは大学時代に知り合い、卒業してからも頻繁に会い、新宿界隈を飲み歩いていた。区役所通りに面した小さなバーに足を踏み入れたのは二十五年前の十二月二十四日、クリスマスイブの夜だった。そこに文子がいた。それ以来、私たちはその店に顔を出すようになった。

当時の文子は音大の二年生で、専攻はピアノらしかったが、文子の演奏を聞いたことは一度もなかった。

「才能がないから」というのが口癖だった。バーのアルバイトといえば洗いもので手先が傷つくこともある。すでにそのときには音大を中退することを決めていたのだろう。私たちが知り合った年の翌年、文子は都内にある大学の文学部に通い始めた。

彼女はフランス文学を専攻した。口癖が「才能いらないし」に変わった以外は何の変化もなくバーのアルバイトを続けていた。というよりも続けざるを得なかったというのが本当のところだった。その店にとって彼女は必要な人材という以上の存在感を持っていたのだから。文子が店に出るのは週に三日、月水金と決まっていた。その曜日は店に熱気が充満し、逆に彼女がオフの日は閑古鳥が鳴いた。

そんな文子に私と木内はプライベートな誘いをかけ、彼女が応じるようになるまでにそれほど時間はかからなかった。夏は海で遊び、冬はスキーに連れ出した。一つ部屋で泊まったこともある。

そのころの三人の関係は奇妙なものだった。文子を独占したい気持ちはあったはずだが、色恋沙汰は表には現れなかった。そのことが逆に三人の関係をいびつなものにしていたのかもしれない。

そんな関係にずれが生じたのは、私たちが文子と知り合ってから二年後、桜の葉が濃い緑をつけ始めたころだった。文子は木内のマンションの階段から滑り落ちて近くの病院に救急車で運ばれたのだった。

見舞いに一度だけ行った。文子は「木内さんとのこと、ばれちゃったわね」と言った。

私は二人の関係を全く知らなかった。裏切られたという思いだったが、仕方がないとあきらめるしかないとも思った。もちろん、二人の将来を祝福する気分にはなれなかった。それを境に、私と木内が飲み歩くことはなくなった。

「やっぱり、披露パーティは遠慮させてもらう」

私が言うと、文子は、そう、と小さな声で応えた。

山崎が立ち上がりトイレに向かった。文子は後ろ姿を目で追いながら「お酒、あまり飲めないの。それだけが不満ね」と言った。私は黙ったまま冷酒を何度も口に運んだ。文子も同じ動作を繰り返し、私たちはお互いの視線を避け合っていた。

「いま、何してるんだ？」

沈黙に耐えられずに訊いた。会って一時間以上も経ってからする質問でないことはわかっていた。

「翻訳の下請けとスキューバーの教師」

「かけもちか？　それはすごい」とおどけて見せた。

「あなたもすごいわよ。記者とストリートファイターのかけもちだもの」

「好きでやってるわけじゃない」私が言うと、彼女は「でも、似合っているわよ」と笑顔を見せた。ようやく視線が行き来するようになった。

数分経っても山崎は戻ってこなかった。文子はトイレがある奥の方を何度か振り返る。私は立ち上がった。

トイレに近づくにつれて、いびきの音が大きく聞こえてきた。山崎は便器を抱くようにして気持ちよさそうに眠っていた。抱え起こすと、眠りからさめたようだったが言葉は出てこなかった。左腕を彼の脇に差し込んでしっかりとつかむ。九十キロをやや下回るぐらいか。死体のような重みが私の肩に加わった。

文子があっけにとられたような表情で待っていた。

「タクシーはたくさん走っているはずだ」私は言った。「送ってくだろう」

文子は私の目を見ながら頷いた。

夜気にあたったためか、山崎は一人で歩けるようになったが、まだ足取りは覚束ない。私は肩を貸し、文子は後ろからついてきた。

空車が私たちの前に滑り込んできた。

文子が「これ」と、名刺を差し出す。山崎の名刺を店のテーブルに置いたままだったのだ。私は受け取り、ポケットに入れた。

タクシーには「初乗り六〇〇円」というステッカーが貼られてあった。

ふらつく婚約者を先に乗せ、文子は「またね」と言った。

私は右手を上げてドアが閉まるのを待った。しかし文子は乗り込もうとはせず、ぎこちない表情で私を見つめた。迷いの表情が彼女の顔に宿ったがそれは一瞬のことで、すぐに笑顔に戻り、口を開いた。

「あなたにもらった宝物、大事にしてるわよ」

私は彼女にどんな宝物をプレゼントしたのだろう。過去の記憶を辿ろうとしたが、すぐにやめた。意味のないことはすべきではない。

二人を乗せたタクシーは、雑踏と騒音の中を牛のような速度で新宿通りに向かって走りだした。ホステスたちの嬌声を両耳の間で素通りさせながら、私はたたずんだままタクシーを目で追っていた。文子は長い間リアウィンド越しに私に視線を合わせ、ときおり右手を振ってみせた。

何分そうやっていたのだろう。車が新宿通りに近づいたころ車内は闇に包まれた。が、タクシーがウィンカーを点滅させて右折しようとしたとき、行き交う車のヘッドライトが二人を乗せたタクシーの室内で交錯し車内を照らした。婚約者の肩に頭を預ける文子の姿がシルエットになって浮かび上がった。

2

夕刊を放り出してから着替えをするために寝室に戻った。きれいな状態のままの女房のベッドを一瞥してから箪笥をあけた。どこに何が収納されているのかわからない。もどかしさに苛立ちを覚えながらもどうにか身につけるものを探し出すことができた。

家を出る前に電話を三本かけた。

最初かけた知り合いの刑事からは新聞よりも少し詳しく、そして奇妙な話を聞くことができた。

次に山崎の会社にかけ、警備員から彼の現住所と電話番号を聞き出すことに成功した。個人情報漏洩が喧伝されるいま、幸運としか言いようがないが、こちらも社会部一筋、嘘も方便で仕事をこなしてきたのだから罰せられない程度の嘘はつける。

早速、山崎に電話を入れてみた。発信音が長く続いただけだった。

最後に木内の会社に電話をしようとしたとき、私は躊躇し受話器を一度置いた。しかし、文子の死を目の前にして木内との過去の軋轢など意味のないことだと思い直した。何よりも悲しみを誰かと共有したいという思いの方が強かった。その相手は木内しかいなかった。

しかし、迷った末にかけたわりには収穫が少なかった。木内がまだ在籍していることだけはわかったが、彼の現住所も電話番号も教えてもらえなかった。自分の名前だけを告げて電話を切った。

外はすでに薄暗かった。私は駅へと急いだ。歩きながら知り合いの刑事の言葉を反芻した。

「ベランダの手すりには柳原文子の指紋だけ。部屋が荒らされていたので物取りの犯行と思われるが、もちろん断定はできない。目撃者が一人いるんだ。タクシーから中年の男と降り立って、二人一緒にマンションの中に入っていくのを、通りがかりの浪人生が目撃している。目撃者は夜食を買うために近くのコンビニに行く途中だった。いま、その中年の男を取り調べている」

中年の男が山崎宗一郎であることは容易に察することができた。

「アリバイはあるのかい?」と問うと、

「ない」と刑事は答えた。

「名前は?」

「いま捜査中だぜ。これ以上言えるわけねえだろう」

当然すぎる流れの中で、私は刑事の物言いに違和感を抱いていた。一つは「ガイシャ」という言葉を使わないこと、もう一つは文子の生死について触れていないことだ。

私の内なる疑問に答えるかのように刑事は続けた。

「柳原文子は消息不明だ。だから生死もわからない」

「どういうことだ?」

思わず私は大声を出していた。

「救急車が駆けつけたとき、すでに彼女は消えていた。発見者が言うには、一一九に電話してしばらくするとサイレンを鳴らしながら救急車が来て、すぐに彼女を搬送したそうだ。その後、しばらくして、もう一度サイレンが鳴った。近所の住民の証言でもサイレンは二度鳴っている。つまりだな、本物の救急隊は少し遅れてやってきたということだ」

「偽物の救急車が連れ去ったというのか? 新聞に書かれてないぜ」

「そんなこと発表できるか?」

と刑事は怒りの声をあげた。

私はさらに何か言おうとしたが、電話は切れてしまった。

西武新宿線の野方駅で降りた。環状七号線にかかる陸橋を渡って反対側に降りると一つ目の角にコンビニエンス・ストアがあった。それを右に折れ、しばらく歩いた。トラックの騒音が徐々に消えていく。静かな住宅街に入っていた。

あたりの景観とはミスマッチな三階建てマンションが見えてきた。不動産広告だと「レンガづくりの瀟洒《しょうしゃ》なマンション」ということになるのだろうが、レンガ本来の色はくすみ、いくつかが欠け落ちていることは暗い中でもわかった。

すでに現場に刑事はいなかった。エントランスの横にはロープが張ってあり、立ち入り禁止の看板が見えた。私は歩く速度を落とさずにそこを通りすぎた。

こぢんまりとした住宅が多い中で、ひときわ目立つ豪邸の前にさしかかった。自動開閉の車庫の間口からすると、三台は駐車可能だろう。甘い香りが鼻先をかすめた。ブロック塀のすきまから木蓮がはみ出していた。

その前で買い物帰りらしき主婦二人が立ち話をしていた。

近づいて社名を告げると、一人はまたかというしぐさを見せ、もう一人は逆の反応を示した。

私はその女に話しかけた。

「前理事長さんに訊いてみたらいかがかしら」

女は何か含んだような言い方をした。唇の右端が上がっていた。

もう一人の主婦は「あなた、そんなこと……」と、女のブラウスの袖を引っ張った。

「前理事長って、あちらのマンションの？」

「三〇一号室の大林さん」

「どういうご関係なんですか？」

質問には答えてくれなかったが、下卑た笑い方で答えはわかった。

二人に丁寧に礼を言い、いま来た道を引き返した。

コンビニのドアを押したのは店員に話を聞くためではなかった。あることを思い出し、確認するために携帯電話を取り出すと電池が切れていたからだ。コンビニには携帯電話用の簡易電池が置いてあるはずだ。

「間違いねーよ」

コンビニに入るなり若い男の声が聞こえてきた。

カウンターを挟んでコンビニの店員と向かい合っている若者は、金色に染められた髪を無造作に輪ゴムで束ね、耳にはシルバーのピアスを光らせている。

「間違いねーよ。あの人に間違いねえ。何度も言ってるのに警察ってしつこいんだぜ。暗いのにどうしてわかったんだ？　見間違いじゃないのか？　後ろ姿だけじゃなかったのか？　ってな。おれ、あたまきちゃってさ。でも、反抗的な態度とったら犯人にされるかもってな、心配したわけよ。で、ちゃんと説明したってわけ。あの日すごく雨降ってたじゃん。雨水を落とすのに、何度も何度も傘を開いたり閉じたりしてたから、真正面から顔を見たんだ」

「犯人はどんな顔してたんだ？　もち、訊かれたんだろう？」

「ああ。でもな、そいつの顔は見てねえんだよ。あの人置いて中にずんずん入っていっちゃったからな」

「ほんとかよ！　復讐されるのが怖いから、見なかったことにしてんじゃねえのか」

「ばーか。そんなんでびびると思ってんの？　おれがでけえ男を何人病院送りにしたと思ってんだよ」

「ゼロ人だろ」

「違《ちげ》えねえ」

二人はそこで、お互いを見て笑い合った。

簡易電池は文具コーナーの棚にぶら下げてあった。そこから一つを取り、二人に近づき声をかけた。

「あんた、誰？」

男の目に不安の色が混じった。驚かせて申し訳ない、そう言って用件を告げた。

「おう、すごいじゃん。大日新聞の取材だぜ」

店員が叫ぶように声をあげた。

コンビニの隣に喫茶店があった。好きなものを頼んでいいよと言うと、サンドイッチもいいですか、と肩をすくめる。

ウェイトレスが立ち去るのを待ってから私は口を開いた。

「雨は何時ころ降り始めたの？」

昨日私は雨に遭わなかった。文子をタクシーに乗せたときはもちろんのこと、始発電車に乗るために新宿通りを駅に向かうときも道路は乾いていた。局地的な雨だったのだろう。少ししか離れていない所でも天気は大いに違うことがある。文子は折りたたみの傘をバッグの中に常備していたのかもしれない。

「十時ぐらいからかなあ。過去問の終わりかけだったっすから。バチバチという音がしたんです。ヒョウでも降ってきたかと思ったんですよ。窓から見ると大粒の雨じゃないっすか」

「そんな雨の中をコンビニまで歩いていった？」

「なんか疑われてるみたいだなあ。新聞記者って警察と似てるんですね。質問の仕方が……」

私は黙っていた。浪人生は、いや冗談っすよと言ったあと、

「出るときはもう小雨になってました。だから傘も持たずに走っていったんです」

「で、柳原さんを見かけたってわけだね」

「はい。二人がタクシーから降りていました」

「そして傘についた雨を落とした……」

「ええ、そうっす」

「どのくらいのあいだ、そうしていたの？」

「ほんの少しですよ。ぱっぱって感じ」

「きみは小雨になっていたと言ったよね」

「ええ」

「とすると、柳原さんはタクシーに乗る前に雨の中を歩いていたということになるね」

「それは本人に聞いてみないとわからないっす」

浪人生はそう言ったあと、あっと声を出して目を落とした。彼女がこの世にいないことを認めたような表情だった。

うつむいたままの彼に尋ねた。

「傘は折りたたみだったんだね」

「いえ、違います、長い傘。傘の先っぽが長いやつ。折りたたみの先の方って短いじゃないですか。あれは尖っていたし——」

文子はあの日、傘など持っていなかった。

「連れはどんな感じの男だった？」

「えーっと、それって警察でもしつこく訊かれたんですけど、はっきり言ってわかんないんですよ。暗かったし、先にマンションに入っていっちゃったし。もちろん、おれも興味ありましたよ。どんな男とつきあってるのかなって。あの時間でしょう。あれから何するのかな、なんてね」

「きみは山崎のことは知らないのかい？」

「山崎って婚約者がいることは警察から知らされたんですよ。おれ、あの人とけっこう仲よかったんですけど、結婚するなんておれには教えてくれなかったんです。子供扱いされていたんでしょう、たぶん」

「きみが目撃したのは大きい男だそうだけど」

「ええ、肩幅ががっしりしてましたよ。あの体型だと武道っすよ。迫力ありましたから」

婚約者である山崎のからだつきを思い出した。

もう一つ訊いておくことがあった。それは、現場近くで二人連れの主婦から聞いた大林という男についてだった。私がその名前を出すと、浪人生は笑いながら大げさに手を左右に振ってみせた。

「誰が言ったか知らないけど、大林さんとあの人は関係ないっす。単なる飲み友達。ってゆうか同志ってゆうんですか？　つまりですね、あのマンションは外壁工事のことでもめてたんですよ。いまの理事長が業者からの甘い汁を吸ってんじゃないかってね。それを大林さんが暴こうとしていたんです。もちろん彼女も大林さんの味方だったんです。会えばわかります。今度紹介しましょうか」

浪人生の申し出を断り、礼を言ってレジに向かった。

浪人生と別れ、角を左に折れてから携帯電話を取り出した。

経済部の記者に頼み事があった。文子が乗ったタクシーを特定したかったのだ。

初乗りいくらでした？　と後輩記者は訊いた。記憶を辿って六百円と答えた。タクシーの色合いと車種を告げた。

環七に出た所でタクシーをつかまえ、運転手に若林までと告げた。警備員から聞いた山崎の住まいは、環七沿いのマンション「クレベール若林」、その八〇三号室だ。

大型トラックが吐き出す排気ガスが車内に流れ込んでくる。夕闇の中で車がゆっくりと列をなしている。私はウィンドウを閉め、目を閉じた。渋滞に焦っても仕方がない。運転手の世間話が長引きそうなので、黙っていてくれないかと頼んだ。かすかに外の騒音が聞こえるだけになった。

運転手の舌打ちが耳に響いたのはどれくらい経ったころだったろう。その音に思考を中断されて目をあけた。車は数珠つなぎでいっこうに進む気配はなかった。私は気持ちを鎮め、手帳を取り出した。そこに挟んだ名刺を裏返しにして、メモ書きされた数字を見つめた。

ロットリングで書かれたような細く横にすっと伸びた筆跡。

あの日、山崎に手渡されたときからあったものだろう。といっても、気づいたのは山崎の住まいを尋ねるために彼の会社に電話をかけたときだったのだが。

店のテーブルに置いたままにしていたためかメモされた数字は一部がにじんでいたが、数字が読み取れないほどではなかった。

数字は七桁だった。

受注個数、アイテムナンバー、見積もり金額、発送先の電話番号、まあ、そんなところだろう。

山崎が勤める会社は小さな会社らしいので、部長といえども営業の第一線にいるのかもしれない。おそらく山崎は間違って、仕事のメモをした名刺を渡したのだ。山崎に対してあまり好印象を抱けなかった私は、あり得ることだと納得した。

窓の外を見ると、まだ高円寺陸橋を降りきったところだ。私は時刻を確認し、後輩記者に電話を入れた。

「運がいいですよ」彼は言った。「青木という運転手が乗せたそうです。いまから読み上げる番号にかければつながります」

その電話番号をメモしたとき目的地に着いた。料金を払ってタクシーを降り、雑踏を避けて静かな路地に入ってから青木という運転手に電話をかけた。

文子と山崎宗一郎を乗せたタクシーの運転手は二人のことをよく覚えていた。

彼は区役所通りで二人を乗せ、若林三丁目の白い十階建てほどのマンションの前で二人を降ろしたという。料金は女が払った。男は相当酔っていた。車の中で大きないびきをかいていたし、女に肩を借りてマンションの方へ歩いていった。

山崎宗一郎はかなり酔っていた。歩けないほどに。

しかし、これだけでは彼が犯人ではないということにはならない。部屋でしばらく休み、酔いをさましてから、また出かけたのかもしれないからだ。

「変わったことはとくになかったですよ」私の問いに運転手はそう言った。「ずっと背中をさすってましたよ。うらやましいぐらい仲のいい二人でした。いい女だし、やさしいし。うちのカカアと大違いだってね、そう思った記憶があります」

「若林に着くまで、二人に会話はありませんでしたか？」

その問いには、ええ、とあいまいな返事をしてから、思い出したように言った。

「電話がかかってきました」

「女に？」

「ええ、そうです。でも、あいづちを打つだけって感じでしたけどね」

「女の方は全く話さなかったのですか？」

数秒の間を置いて、

「なんだか嫌がってましたね」と運転手は言った。

「無理よ、だったかな、だめよだったかな。とにかくそんな感じです。感じのいい女だから、言い寄る男もたくさんいるでしょう」

「そのとき酔った男の方はどうしてました？」

「いびきをかいていました」

私は礼を言って電話を切った。

文子にかかってきた電話のことを考えた。無理よ、だめよ――。拒絶の言葉ではあるが、ニュアンス次第で反対の意味になることはよくある。いや、それよりも重要なのは、その拒絶の言葉には文子と男との関係の深さが示されていることだった。

「クレベール若林」はすぐに見つかった。エントランスを入った所に管理人室があった。窓口業務はすでに終わっている。私は管理人の住まいと思われるドアをノックした。中から太った女性が出てきた。

「運が悪いですよね。ようやく最愛の人が見つかったっていうのに、こんなことになってしまって。前の奥さんもそうだったけど、柳原さんって人も、それは感じのいい人でしたよ。ついてないのよ……」

管理人の女房だというその女性は、山崎宗一郎の婚約者である文子とも懇意にしていたという。

「とっても仲がおよろしくてね。柳原さんがお見えになるのは日曜日が多かったんですけど、といっても車で出かけられることが多かったですけどね」

「山崎さんは車を所有されているんですか？」

いまどき車を持っていない方がおかしい。しかし車があればタクシーを使う必要はない。しかもどしゃぶりの雨だ。

「結婚を機に買い替えるっておっしゃってましたよ」

「では、いまは車がない、ということですか？」

「どうでしょう。駐車場見てみます？」

私が頷くと、管理人の女房は厚みのある腰をさすりながら奥の部屋から鍵の束を持ってきた。

裏手にある駐車場は立駐形式で、いまの時間には珍しく数台が駐車されているに過ぎなかった。管理人の女房は何度か立ち止まって番号を確認していたが、やっぱりこれね、と上層に白のクラウンが駐車されている場所を指差した。

「ないわね」

クラウンの下に車はなかった。

やはり、タクシーで行くしかなかったのだ。

3

翌日出社したときにはすでに午後一時を回っていた。室内に入ると、パソコンゲームに没頭していたアルバイトの女子大生があわてて居住まいを正した。私は何も言わずその横を通り過ぎて窓の方に歩いていき、風を入れた。春の匂いが鼻先をかすめて去っていく。やわらかな日差しに目を細め、澄みきった青空に浮かぶアドバルーンを見つめた。

「電話ありましたよ」女子大生が言った。「また、電話するって言ってました」

窓から離れ、電話だけしか置かれていないデスクに近づいた。

彼女は目を合わせるのを避けるようなしぐさをした。

突然の辞令で社会部デスクの任を解かれてから半年が過ぎていた。上層部といざこざを起こした人間は、それがどんな理由であれ裁かれる。そして、明らかに左遷とわかる扱いを受けた人間は組織の中で居場所をなくしていく。社内の風は急速に冷たくなっていき、息苦しさだけが出味をもって残る。社史編纂室といっても名ばかりの部署である。うるさい人間を閉じ込めるにはうってつけの独房だった。

私の頭には、左遷されるきっかけとなった事件のことが、いまも生々しくうごめいている。

火種はとるに足らないほど小さかった。

東北地方で特養ホームを展開する社会福祉法人が、国の補助金を不正受給したことが発覚して逮捕者四人を出した事件である。

逮捕されたのは社会福祉法人の理事長、不正の仲介をしたと目される県会議員、県福祉局長、それに特養ホームの建設を請け負った建設会社社長の四人だった。

理事長は建設会社が用意した見せ金約五億円を自らが借金して工面したように装い、ダミーの事業計画書を提出して補助金を受給したのだった。福祉局長は県議の依頼を受けて、部下に不正な指示をしたとされた。不正受給額は施設建設費の約五億円。

いま国家を揺るがしかねない問題が起こっているため、この補助金横領事件は脇に追いやられ、ほとんどのマス媒体は扱っても新聞なら数行、テレビなら数秒のレベルだった。

だから地方の小さな事件として終わるはずだった。

マスコミが興味を示し始めたのは、逮捕された建設会社社長の公判での発言がきっかけだった。

「私は県会議員の間宮忠夫先生に東京赤坂の料亭に連れていかれ、事業拡大に役に立つからと、代議士の郷原浩輔先生を紹介されました。そのとき間宮議員が三千万円を郷原先生に渡すのを見ました」

建設会社社長の山本はさらに、郷原と間宮との会話の中で出てきた名前を証言したので、マスコミは一斉に報じた。その名前が日本経済界を牛耳る老舗の財閥だったからだ。

一人は大手ゼネコンである國広建設、もう一人は大手商社國広物産の、いずれも現社長の名前だった。

さらに山本は、その三千万円は油田開発に関係する謝礼金だと思ったと発言した。

油田開発にまつわる利権は底知れない。三千万は一時金であり、その数十倍数百倍の黒い金が動く。その見方は常識的なものであった。

当然、大日新聞も動いた。

大物政治家とトップ企業が関与する事件を一人の記者だけで追いきれるものではない。当時デスクをしていた私は遊軍をかき集めて一つの班をつくり動き始めた。

取材は深夜に及び、帰社してからはその日の成果と集積された事実からの推量作業、そして翌日の取材の方向性と具体的な取材先の確認のための会議。睡眠時間は平均三時間だった。

過酷な取材活動は新聞記者には当たり前のことなのだが、この種の調査報道は扱う素材が巨大であるだけに肉体の酷使とともに精神的な疲労も大きい。世の中に与えるインパクトが強いという点ではジャーナリズムの醍醐味なのだが、だからこそ核心が見えてくるまで緊張の糸は張りつめたままである。

取材が軌道に乗り始めたとき、思わぬ事態に直面した。

自殺者が出たのだ。

國広物産の経理部長だった山田健三が首をつって死んだのだ。

疑獄事件では金の流れを知っている者が必ず死ぬ。このケースでもそうだった。「疲れたから死ぬ」と簡単な遺書を残して事件のキーマンは葬り去られた。

そして東京地検は関係者の逮捕を見送った。

自殺で処理されたが、そんなはずはない。

部屋に誰かが入った形跡があったこと、銀行通帳がすべてなくなっていたこと。他殺を思わせるには充分な根拠と言える。

ただ、紛失した通帳は後日、庭にある物置の中で見つかった。本人がそこに置いたのか、誰かが戻したのか。そんなことがあるはずがない。通帳という重要なものを鍵のかかっていない物置に置くことはまずあり得ない。誰かが盗み、用なしとなったところで戻したというのが常識的な理解だ。

銀行口座から預金は引き出されていない。となると、犯人の目的は何だったのか。

悪いことは続いた。遊軍の田所が亡くなったのだ。

総会屋の桐山豊水を取材したあとだった。発見されたのは桐山が住む柿の木坂ではなく三軒茶屋で、世田谷線の線路近くの路上に倒れていたらしい。通行人が救急車を手配してくれたが、収容された世田谷区の病院で翌日未明に死亡した。

外傷はなかった。変死ということで司法解剖がなされたが犯罪に結びつく所見はなく、特発性心臓発作とされた。彼のショルダーバッグには社員証の入った手帳が残されていただけで、取材ノートは消えていた。

田所の死の翌日、われわれのチームに解散の命令が社会部長の名で下された。記事はすべてボツになった。

膨大な資料と取材メモに基づいて組み立てられた予定稿は、単なる紙切れとなってしまった。

一週間経ったとき、私に社会部長昇格の内示が出た。当時の社会部長が私を築地の料亭に呼びつけてじきじきに示したのだ。

不満を口にする私に対して社会部長は、「終わったことは忘れるんだな。それがきみのためだ」と言った。

「死者が二人も出ているんですよ。田所の弔い合戦をぜひやらせてください」

強く頼んだのだが、部長は目をそらした。

「上の意向なんですね」

上層部からの圧力に違いないと私は思っていた。でないと、これだけの事件を途中で放棄させる命令など出るはずがない。

部長は眉間に皺を寄せたまま、

「おれの後釜になるのは嫌なのか」

「そういうことではないです。この一件がきちんと解決するまで、社会部長なんて要職につくつもりはありません」

「そう、子供みたいなことを言うな。きみのために言っていることなんだ」

部長はおためごかしを繰り返すしかないようだった。私の怒りは徐々に高まりつつあった。きみのためだ、という言葉が三度繰り返され、「田所のことは、他殺ではないと結論が出ているじゃないか」という言葉が出たとき、私の右腕が無意識に動いた。

右のこぶしは部長の左頬にヒットした。大きなからだが崩れ落ち、並んでいた椅子が大きな音を立てた。部長は頭を強く打ったためか、その場に倒れたままだった。私は荒い息を吐きながら、その姿を眺めていた。

数日後、私は社史編纂室に異動となった。

「メモ置いときました」

女子大生の声で我に返り、デスクにあるメモを手に取った。

メモには「木内さまからＴＥＬ」とある。

電話番号は書かれていない。私はそのメモ用紙を丸めてごみ箱に放り込み、煙草に火をつけた。煙がゆっくりと女子大生の顔に向かって流れていった。彼女がモニターを見つめたまま眉をひそめるのが見えた。私は一度だけ深く吸い込み、ブリキの灰皿でもみ消した。

このままの生活を続けることはとうていできない。かといって、転職しても昔のような情熱を取り戻すことができるのかと自問すれば、答えはいつもノーだった。週刊誌やライバルの新聞社からの誘いはある。しかし、それは記者としての腕を評価してのことだ。前提となる意欲が喪失したいま、かえって足手まといになるだけだ。

自らのことを決断できない己に苛立った。その苛立ちは文子の件で増幅されたように感じられた。


警視庁詰めのキャップに電話を入れた。

刑事から聞いたことを話すと、「そうらしいな」と、すでに偽の救急車の件は知っていた。キャップは続けて、

「柳原文子の婚約者がいま重要参考人として事情聴取されているが、全面的に否定している。まあ、当然といえば当然だ。アリバイもないし、近くの池からはそいつの指紋がついた包丁が発見

された」

「その容疑者に偽物の救急車を用意できる力はあるのかい？」

「ないだろうな。一介のサラリーマンで、ヤバイ筋との関係はいまのところ見つかっていないらしいから」

「偽物の救急車は見つかってないのか」

「見つかった。練馬の大泉近くの農道に乗り捨ててあったらしい。これがうまくつくってあったそうだ。外観は本物と遜色ないようだ。それから複数の指紋が検出されたが、警察のリストにはなかった。もちろん容疑者のとも一致しない」

「遺留品は？」

「髪の毛一本と衣服の繊維を発見した。繊維はユニクロのものだからどうしようもない。髪の毛のDNA鑑定では、柳原文子のものとは違ったそうだ。もう一つ、第一発見者に柳原文子の写真を見せたら、どうも違うようだと証言したらしい。倒れていたのは六十過ぎに見えたそうだ」

「妙な話だな」

「はっきりしているのは、柳原文子ではない女性と、柳原文子の二人が消えたということだ。警察は容疑者の婚約者を絞り上げているようだ。犯人を割り出すのが彼らの仕事だからな。で、一番近い者を容疑者として締め上げる。ただ、死体が出てこないことには話にならないから、いま血眼になって捜査陣が探しているところだ。もちろん、自白に持ち込むために追い込んでいるんじゃないかな」

キャップの結論に何かしっくりしないものを感じ黙ったままでいると、電話は切れた。

携帯をしばらく見つめていた。色合いの違う感情が小さな波となって絡みつき、私は苛立った。

携帯を左手に持ち直し、頭にメモしておいた番号を押した。


翌日、待ち合わせた喫茶店に、木内靖夫はライトブルーのジャケットと濃紺のチノパン姿で現れた。体型は以前と変わっていなかった。背中に板を張りつけたように背筋を伸ばし、ラグビーで鍛えた鋼《はがね》のようなからだつきも。太い眉毛の上はさすがに薄くはなっていたが、四角い額と全体に輝きをもつ肌の艶は変わっていなかった。そして、あの深みのある声も二十数年の隔たりを感じさせなかった。

日本を代表する総合商社である國広物産。名刺には「部長付」という肩書が小さく刷り込まれている。

「役員コースからは見事にはずれた」

木内はそう言い、豪快に笑いとばした。頻繁に会っていたときのことを思い出した。経済が世の中を動かしているんだと何度も熱く語っていた。その中心で働く商社マンという仕事に対する誇りがみなぎっていた。

「少し痩せたか?」

木内の視線が私のからだ全体をゆっくりと這った。

「痩せた」のひと言で私の変貌を表現してくれたことに感謝しなければならないのかもしれない。無精ひげ、皺だらけの上着に品のないネクタイ。誰が見ても眉をひそめる私の外見に、木内は表情ひとつ変えなかった。そんな木内の態度に違和感を抱きはしたが、考えてみれば私と木内との関係はそれほどの密度でしかなかったのかもしれないと思い直した。だから私の外見の変化やその源にある仕事や生き方のダメージにも表情を変える必要もないのだろう。私も似たようなものだ。木内が昔のままの好青年であることに何の感慨を覚えることなく、もちろん以前は無意識に抱いていたかもしれない木内に対する嫉妬心も、いまはない。

「仕事がつまらないからな」私が言うと、木内はふっと息を吐き、視線を窓の外に一瞬移した。

「文子と会ったのは偶然だったのか」

視線を戻した木内は、それまでの話題をはさみで切り離すかのような表情をつくった。

「電話で話した通りだ。区役所通りを歩いていたら前方に文子がいた」

「どうして文子だとわかった？　二十年以上も経つのに」

「あまり触れられたくないだろうけど……」私は少し間を置いてから言った。「足を引きずりながら歩いている女がいた。そんな女はたくさんいるのだろうが、おれにはすぐにわかったよ」

「そうか」木内は私の目を真正面でとらえた。「文子は前とは違っていたか？」

「同じだ。容色は衰えていなかったし、健啖家《けんたんか》でおしゃべりだった。きゃしゃなからだつきも同じだった。ただ、昔より幸せそうだった。変わっていたのはそんなところだ」

「すべて過去形なんだな」木内は目を落とした。「からっとした博多っ子だった。気性の激しさとやさしさが同居していた。ドレスよりもＧパンが好きだった。男みたいなショートヘアで、性格も男まさりだった……すべて過去形ってわけか」

木内の声はかすかに震えていた。私は話題を変えた。

「結婚すると言っていた」

「誰と？」

「一緒にいた男だ。山崎というサラリーマン。結婚することになっていた」

「そうか」木内はため息をついた。

「おまえに連絡は？」私は木内に訊いた。「披露パーティに誘われたんだが断った。おまえも呼ぶつもりだと言ってたんだが」

「いや、連絡はなかった」

「そうだろうな。そのとき思いついたような話しぶりだったから。でも、誘われたらおまえは出席していたか？」

意地悪な質問だということはわかっていた。が、私が彼を避けるようになった理由などすでに風化したようなものだ。昔話で片がつく。

「いや、断っていただろう」

木内の歯切れよく言った言葉に私は頷いた。

「おれはあのころ文子を好きだったからな。いくら昔のことだと言っても、つきあった女が幸せそうに別の男とくっついてはしゃぐ姿を見る勇気はない」

「勇気？」

「ああ、そうだ。それだけおれは文子を愛していた」

「じゃあ、どうして一緒にならなかったんだ」

「海外勤務が長引いたからな」

「いつのことだ」

「文子にけがをさせたすぐあとだ。メキシコに長期赴任した」

「喜んでついていったんじゃないのか。文子はどちらかというとそういう所が好きだったはずだが」

「確かにな。でも、そのころはすでに関係がぎくしゃくしていたんだ」

「それ以来会わなかったのか。二十年以上にもなるな……」

「光るような笑顔だけしか思い出せない」

木内は冷めたコーヒーに口をつけたあと、マルボロを口にくわえた。

「ところで犯人のめどは？」

「ついていない。重要容疑者が婚約者であることには間違いないが」

「そいつの印象はどうだった。犯罪を犯すようなやつだったのか?」

「そうは見えなかった。でも、らしくない人間が犯罪者だったなんてことは珍しいことじゃない」

私は婚約者の名刺をテーブルの上に置いた。木内は黙ってそれを眺めながら、煙草に火をつけた。灰皿はすでに吸い殻で山盛りになっている。

「警視庁につてがあるんだろう?」

木内は私を直視した。

「聞いてみたよ」

「婚約者のアリバイは?」

「ない」

「解決したようなものだ、ということか……」

私は頷いた。

木内とは駅前で別れた。別れ際、木内はまた会おうと言ったが、本当にそう思っているようには見えなかった。私も同じだった。

木内の姿が雑踏に吸い込まれるのを見ながら、先ほどまでの会話が、文子の死を前提にしていたことに気づいた。最初に知っていることをすべて話したにもかかわらず。

時計を見るとすでに五時半を回っていた。社に戻る気はなかったし、その必要もなかった。電話だけはかけておこうと携帯を取り出したが、仕事を持たない私に重要な連絡があるはずもないと思い直した。携帯をポケットにしまって歩きだした。そのとき着信音が鳴った。携帯には唯一の目撃者である浪人生の名前が表示されている。

「いいっすか、携帯に電話なんかして。迷惑だったっすか」

「かまわんよ。いまどこから？」

「この前の喫茶店からっす。大林さんと一緒なんですけど、谷島さんと話したいそうなんです」

私は「すぐに行く」と答えた。


浪人生と大林は向かい合って座っていた。コーヒーカップにはすでに中身がなく、ガラス製の安直な灰皿には煙草の吸い殻が数本あった。

「お呼び立てして申し訳ありません」

大林が立ち上がって深々と頭を下げた。

大林の顔と首回りは日焼けしていた。ポロのマークが入った濃い緑色のシャツから突き出た両腕は太くたくましかった。葉山の海に浮かぶ帆船のデッキに立たせると似合いそうな男だった。

「いえ、私も教えていただきたいことがありましたので、いいタイミングでした」

私はそう返事をして大林に名刺を渡した。

「私の方は大したことじゃないので、谷島さんのお話からお先に」

大林が言ってくれたので、これまで仕入れた情報を洗いざらい話して聞かせた。偽の救急車の話をすると、大林は目を丸くした。

「垣根の中に倒れていた女が別人だった？　それはおかしな話です。倒れていた場所はフミちゃんの部屋の真下ですよ。外からわざわざ別の女を連れてくる理由がわかりません。万が一、それが事実だったとしても、フミちゃんがいなくなるのは、普通では考えられないことですよね。不思議というより、誰かが嘘をついているとしか思えません」

「では、大林さんは容疑者の山崎宗一郎が彼女を殺したとおっしゃるのですか」

「いえ。山崎くんはそんな人間ではありません」

大林も混乱しているようだった。煙草を立て続けに吸い、考え込んでいる。

「いずれにしても警察に任せるしかないですよ。僕が知りたいことの一つは、彼女の男関係です。怨恨は殺人の大きな理由の一つです。だからこそ警察も山崎を重要参考人として拘束しているのです」

と言うと、大林は顔を上げ、

「男――ですか？　あり得ません」と言下に否定した。

「派手な顔立ちをなさっていますが、男性にはかなり慎重な方ですよ。その電話も仕事先からじゃないですか。翻訳の仕事は締め切り仕事らしいですから、納期を早めてくれという電話だったかもしれませんよ。それに第一、携帯電話の受信記録は警察で調べ終わっているんでしょう」

確かに大林の言う通りだった。

「ところで」私は言った。「大林さんのお話というのは？」

「ああ、そうでしたね」

大林はそう答えたが、すぐには話を切り出さなかった。何かを思い出そうとしているような、そんな表情で視線を遠くにやっている。私は待った。

「一度だけありました」

「……？」

「フミちゃんの部屋から男の声が聞こえてきたことがありましたよ。興奮していたようでしたね。確か……」

「ああ、それだったらおれも聞いたことあるっすよ」横から浪人生が言った。「おまえはいつもあいつのことばかり考えているって、そんなことを何度か叫んでたっす」

「きみがどうしてそんなこと知ってるの？」

「あの人んちに遊びに行くつもりだったんですよ。でも、人の話し声が聞こえたのでやめたんです。そのときに立ち聞きしたっす」

「三角関係のもつれですかね」

ありえないという表情で大林が言った。

「その男が誰なのかわからないわけですね？」

「山崎くんではなかったな。声が違ったし、そうそう、その男には関西なまりがありました。いや、なまりというより、イントネーションですね」

　私は煙草に火をつけた。

「場所を変えませんか」大林が言った。「谷島さん、お酒は?」

「まあまあです」

「フミちゃんと行ったことのある店はどうですか?　無理にとは申しませんが」

「じゃあ、お話はそこで聞くことにしましょう」

「いえ、大した話ではないんですよ」

　喫茶店を出て少し歩いた。大林は外見の印象と違って話し好きだった。店まで歩くあいだ、大林は文子が山崎と婚約してからの変化について語ってくれた。

　意外だったのは、婚約以来文子が山崎の好みに合わせるようになったことだ。服装をからだにぴったりするものに変えたり、自慢の黒髪をばっさり切ったという。


　店に着いて水割りを頼み、軽くグラスを合わせてひと口飲んだあと、大林は話し始めた。

「彼女と最後に会ったのは事件の前日なんですよ正確に言えば前々日でしょうか。あの日も理事会の件で彼女の部屋で打ち合わせをしましてね。いつもだったらこの店で飲むんですが、翌朝早くに人に会う用事があるらしくて、打ち合わせも三十分くらいで切り上げたんですよ。気になるというのはですね……」大林はそこで間を置いた。せりあがった額を手の甲で一つたたいた。

「ドアに傘がたてかけてあったんです。濃紺の真新しい傘でした」

「それが？」

「半年ほど前からフミちゃんががらりと変わったという話をさっきしましたよね。髪型とか、おしゃれのこととか申しましたけど、実はそのとき聞いたんです」

「何をですか？」

「全部処分したって、いままで持っていた赤い傘を。赤い傘ばっかりだなって彼氏が言うのよ、だから全部捨てちゃったと言ってました。でも、濃紺の傘より赤い傘の方がフミちゃんには似合うのにと思った記憶があります」

「……」

「すみません、まどろっこしい話し方で。勇矢くん、続きを話してくれないか」

大林は隣の浪人生に言った。浪人生は手に持ったグラスをテーブルに置いた。

「あの日おれが見たのは赤い傘だったんですよ」

「不思議でも何でもないでしょう。山崎のマンションに置いていたその赤い傘をさして二人で文子さんのマンションに戻ってきたのではないですか」

反論すると、大林が、それはおかしいと言った。

「だって、山崎くんが赤い傘を濃紺に変えさせたんですよ。だから山崎くんの家に預けておくなんて考えられないですね」

「山崎の考えが変わって、赤い傘を買ってあげたんじゃないですか。傘なんていまや使い捨ての時代ですし、どこでも売ってますよ。ほんの数分あればすぐに手に入る」

言ったあと、尖った言い方だと後悔した。私は疲れているようだ。

「すみません。くだらないことで……」

大林がそう言ったので、私は、いえ、と言って水割りに口をつけた。そのとき、

「おれ、頭わるいんで整理がつかないんですけど……」

浪人生がぶっきらぼうに話し始めた。

「少なくとも、大事にしていた傘がどこかにあったということですよね。谷島さんが事件の日に会ったときは傘は持っていなかった。そしておれはびしょ濡れの傘を彼女が持っていたのを見た。とすると、どこかにあの傘を置いていたということですよね。その傘を預かっていたのが犯人ということになりませんか?」

「だから、どこかで買ったんだよ」

そう言うと、浪人生は首を大きく左右に振った。

「違うんです。新しい傘じゃなかった。彼女が持っていたのは例の傘だったんです」

「例の傘?」

「ええ、あの人が大事にしていた古い傘があるんですよ。ぼろぼろで、色も変わってしまってるんですけどね。おれ、訊いたことがあるんですよ。なんでそんなボロ傘捨てないんですかって。

そしたら、大事な宝物だから、って言ってました。その傘に間違いないっす。色合いってゆうか、それが同じでしたから」

そのあと続いた大林と浪人生のやりとりは私の耳を素通りしていった。私は煙草を指に挟んだまま、赤い傘にまつわる記憶の糸をたぐっていった。


二十数年前、私は特派員としてヨーロッパ主要国を取材して回った。EU発足に伴う特集のための取材だった。仕事が終了したあと休暇を取ってスペインのマドリッドに飛んだ。スペインの諸々の観光地をひと通り楽しみ、最も気に入ったのが、空の青さだった。日本ではまず見られない澄みきった原色の青が果てしなく広がる。

シエスタで街がひっそりとしているときにも街中を歩き回った。王宮にさしかかったとき、スペインの国旗が目に入った。何気なく見つめていると、一陣の風が吹き、垂れ下がっていた国旗がはためいて形をなし、赤と黄の二色が現れた。見慣れたはずの国旗だったが、それを目にして一瞬めまいがした。

上下に彩られた赤い色が空の青さと混じり合い、ふりそそぐ太陽の光の粒と溶け合いながらぎらぎらと燃えていた。思考が止まり、胸のうちに甘美な陶酔を感じた。

その陶酔感はスペインでのあらゆる出来事を思い起こさせた。フランコ、市民戦争、バスク、ネオナチ、革命、経済危機。頭に浮かび、次には現実感が消え、無意味な事象となり、そして、再び陶酔がやってきた。疲れていたのかもしれない。灼熱が私の精気を奪い取りつつあったのかもしれない。

翌日、私は文子のために赤い傘を買った。

「落ちたっすよ」

気がつくと、煙草の灰がスラックスを汚していた。

二人と別れたあと、タクシーをつかまえた。夜の道路を走るタクシーの中で、ざらっとした嫌な感情があることに気づいた。この前、木内と会ったあとに感じたものと同じだ。つまりは、大林も浪人生も、木内と同じように文子の死を前提として話していたことに気づいたからだ。

なぜだ？

答えはわかっている。

死体はなくとも、文子は死んでいると思っているのだ。根拠もなしに、犯人は山崎宗一郎で、何らかの理由でトラブルになり逆上して文子を殺したのだ、と。倒れていた女性は別人、文子の死とは関係はない、全くの偶然の出来事だ、と。

さらには、山崎が早く自白して、遺体をきちんと弔ってあげないと文子がかわいそうだ。みんなの望みは、真相を明らかにするというよりも、文子の静かなる成仏に向いているのだ。しかし、物事はそんな単純なものではないことを、私は職業上知っている。

タクシーは大ガードを越えて歌舞伎町に近づいた。ドン・キホーテの前で降りた。

文子と会った場所に行ってみようと思った。行ったからといってどうなるものでもないのだが、何か見落としていることがあるかもしれない。

新宿東口から一直線上の、屋上のゴジラで有名なシネマまでの通りにある居酒屋の前だ。歌舞伎町のど真ん中に位置している。私はあのとき、あの居酒屋で飲んでいた。勘定を済ませて外に出て歩いているとき、すぐ前を歩く二人に気づいたのだった。二人に気づいたのはいつ、どのあたりだっただろうか。

居酒屋の入口に立ってみた。時間帯はあのときより少し早い。それでも人でごった返している。中国語が飛び交っている。キャッチセールスに注意を喚起するアナウンスが歩道に設置されたスピーカーから流れてくる。行き交う人の国籍を予想する。服装、髪型、バッグ類、足、靴、歩き方。子細に観察するのだが、姿形で日本人と他のアジア人の区別をつけることは難しかった。でも、足を引きずる女がいたらすぐに気づいたはずだ。それが何を意味するのか。居酒屋に入ってビールを飲みながら考えた。

結論はこうだ。私があの店を出たとき、文子と山崎はまだ、私の後ろにいたのだ。通りの喧噪を眺めながら、だからそれに何の意味があるのだと思い直したとき、携帯が鳴った。嫌な予感がした。受話ボタンを押すと、すぐにキャップの声が流れてきた。

「柳原文子が亡くなった」

私は何か言おうとしたが、喉がつまって声が出なかった。キャップは原稿を棒読みするように話し始めた。

「沼袋三丁目の野々宮クリニックで死亡。直接死因は心不全、原因は敗血症。ひどい腹痛に見舞われて近くの病院に駆け込んだ。虫垂炎ということで緊急手術したが、汎発生腹膜炎を起こしており、すでに手遅れの状態だったそうだ。駆け込んできたときに担当医が柳原文子から聞いた話によると、飲み足りなかったので行きつけの居酒屋に向かっていたとき、突然腹痛となり、激痛だったので病院に駆け込んだ。手術の前に、福岡に住む息子に連絡して欲しいと、連絡先を告げた。その息子が母であることを確認し、葬儀社に頼み、火葬許可証をとってもらい、こちらで火葬したそうだ。葬儀は福岡で行われるらしいが日程は未定」

「確かなのか？」

ようやく出た言葉は、極めて間抜けな質問だった。

「婚約者の山崎宗一郎はさっき釈放された。記事にはならないな」

電話は切れた。

喪失感が押し寄せてきた。文子が生きているというかすかな期待があったからだろう。その期待が儚い夢だったことがはっきりして、心の奥に空洞ができた。真犯人を捕まえることもできないもどかしさ。

文子の一件がエネルギーの源になっていたことに、今更ながら気づいた。

4

早朝の飛行機で羽田を発ったので、福岡空港に着いたのはまだ十時前だった。空港を出て空を見上げると、鮮やかな青空が広がっていた。風がさわやかに頬をなでた。

文子の通夜に出席する前に博多の町を歩きたかった。感傷に浸るような歳ではないが、浸りきれないほどこころの荒みはない。知り合ったころ、彼女は博多弁がぬけきれていなかった。文子が使う博多弁はやさしさと艶があった。

通夜の日程と場所は大林が教えてくれた。大林は電話口で悲しみを爆発させるように、「信じられません」を連発した。悲哀を表現するときの常套句だと思っていたが、悲しみの中に悔しさが混じっているように思えた。実際に、「悔しくて仕方ありません」というようなことも口にしていた。近くにいたのに、たとえ急性だったとしても、死に至るほどの病気を抱えていたことに気づいてやれなかったという自責の念なのだろう。私は大林の気持ちがよくわかった。もう終わったことなのだからということを含ませて励ましたのだが、話がどうもかみ合わない。

ついには妙なことを言い始めた。

「フミちゃんは病死ではありません。誰かに殺されたのです。彼女が病死したりするはずがありませんよ、そう思いませんか」

私はその理に合わない言葉を否定せず、あいまいに口を濁した。否定しなかったのは大林への同情からだけではない。私の中にも大林に似た気持ちがあったからだ。


博多の町は大きく変わっていた。

昔はおもむきのある路面電車が走っていたのだと文子から聞いたことがある。いまは地下鉄がそれにとって代わっている。速くて便利だが味気ないと文子は嘆いていた。私が博多を訪れたときはすでに路面電車は廃止されていた。文子の話を聞いて残念な思いをした記憶がある。

そして、いま。

町の景観も私の記憶にあるものとは大きく違っている。全国展開の店ばかりが目立つ。以前は博多を感じさせる路面店があった。時代の流れは速いものだ。

地下鉄はラッシュを過ぎたためか、ひっそりとしていた。予定していた駅で降り、地図を片手に昔私たちが遊んだ海に行ってみたいと思ったのだが、着いてみると、そこには松林も海も、そして潮の香りさえもなかった。あるのは林立する背の高いマンション群で、それらが人工的な街並みを形成していた。

タクシーで中洲に戻った。那珂川の橋のたもとから川をのぞき込み、ひと息ついた。川の水はどろりとしていて、それだけは以前と変わっていなかった。私は煙草を口にくわえた。

川向こうに目をやると、中洲の歓楽街が見えた。文子と連れ立って夜通し飲み歩いたその一角は、夜の顔を覆い隠すようにひっそりと息づいている。私は煙草を深く吸い込んだ。

渡辺通りを歩き、日赤通りに入った。

文子の実家はすぐに見つかった。受付で記帳し香典を置いた。案内されるまま進むと、大林の姿が見えた。目であいさつをしてから焼香を済ませた。遺影に写った文子の服装に見覚えがあった。海で泳いで中洲で飲み歩いたときに身につけていたものだ。写真もそのときのものかもしれない。文子を挟んで右側に私、左側に木内。なぜか歩くときの位置は決まっていた。真ん中の文子は私と木内に均等に顔を向け、均等に話題を提供した。まるで私たち三人がきれいな正三角形であり続けることを願うように。

祭壇に相川達也からの供花を見つけ、違和感を抱いた。相川達也といえば大物総会屋だ。文子とどんな接点があったのだろう。

「来ないのかと思った」

ささやくような声がした。深みのある声で誰だかすぐにわかった。私は振り返り、木内に笑みを返した。もう会うことはないと思っていたが、会うのが嫌なわけでもなかった。

寿司とビールがテーブルに並ぶ二十畳ほどの部屋に案内され、私たちは腰を落とした。大林に木内を紹介したあと、ビールのグラスを黙って合わせた。何を話してよいのかわからなかった。木内も同じように黙ってグラスを口に運ぶ。周りには焼香を済ませた人たちが集まってきた。にぎやかな雰囲気になったので私は安堵した。

「ご両親はすでに亡くなっているそうですね」大林が言った。「ほら、あそこでお酌をしている男性がいますでしょう」

私と木内は大林の目線を追った。二十代と思われる色白の男が見えた。

「彼が喪主だそうです」

ビールをついで回る若い男は若木のような細いからだつきだが、頬から顎にかけての線に意志の強さが見てとれた。両目はナイフで切ったように細く、よく見ると涼しげな目をしていた。血の気を失ったような白い頬にはえくぼが刻まれていた。

「さっき紹介を受けました。フミちゃんの息子さんで九州大学の工学部の二年生だそうです」

私は不意をつかれたように大林を見た。

「前のご亭主の……？」

「ええそうです。うちのマンションに引っ越して来られたときは前のご亭主と正式には別れていませんでしたが、子供が一人いて、実家に預けていると言ってました」

「……」

歳から考えて子供がいてもおかしくはない。冷静に考えればその通りなのだが、私は明らかに動揺していた。

それは子供がいるという事実にではなく、文子の過去を何一つ知らないということによるものだった。そして、会わなくなってからの彼女の暮らしぶりを想像すらしなかった自分の冷たさに気づいた。

「まあ、東京で母一人で育てるのは難しいですからね」

「そうですか」

私はビールを一気に飲み干した。グラスを置いたとき、その若者がこちらにやってきた。

私たちは居住まいを正し、頭を下げた。

「柳原智彦と申します。本日はお忙しい中おいでいただきましてありがとうございます」

智彦と名乗った若者はよく通る声をしていた。

「大林さんは先ほどご紹介いただきましたが、お二人は母とはいつごろの……」

木内が名刺を渡し「もう二十年以上も前になります」と言った。

智彦が木内のグラスにビールを注ぐ。木内としばらく話をしたあと、智彦は私の方に顔を向け、同じようにビールを注いでくれた。私は出すべき名刺がないので名前だけを言った。差し出された名刺を受け取った。

智彦はビール瓶を持ったまま、「谷島さん……」とつぶやき、私の顔をじっと見つめていた。

「何か？」と問うと、

「いえ、なんでもありません、本日はありがとうございました」とあいさつをして、次の弔問客へと移っていった。

物腰の落ち着いた、かといって嫌味なところが微塵もない青年だった。そんな一人息子を残して死んでいった文子の無念を考えると、新たな感情が胸の内に広がった。

「東京からいらっしゃったんですよね」

テーブルを挟んで向かいに座っている子供連れの女が私たちに声をかけてきたのは、文子の息子が離れた直後だった。それ以前から私たちの方に視線を投げていたことに私は気がついていた。女の頭髪には所どころ白いものが混じり、目尻と口元の皺は化粧でどうにか隠れていたが、疲れたような顔つきはこの場の雰囲気にふさわしいとも言えた。

「フミの高校からの友人なんです」

古賀祥子と名乗るその女性は、横に座る子供を指して「結婚が遅かったものですから」と十歳ほどの男の子の頭をなでた。折れそうなからだつきの男の子だと思ったが、脂肪が乗った母親の横にいるのでそう見えるだけかもしれなかった。外見だけだと、古賀祥子と文子が同じ歳だとはとうてい信じられなかった。

「まさか、フミがこんなことになるなんて思いもしませんでした。何か姉をなくしたような気持ちで——私もフミも一人娘なものですから、姉妹みたいなおつきあいをさせていただいてたんです。それなのに……」

古賀祥子はときおりハンカチで目頭を押さえながら話し始めた。淡々とした口調で続けたかと思うと、しばし祭壇のある部屋の方に目をやって絶句するといったことを繰り返した。彼女は、悲しさが津波のように押し寄せるのを食い止めるために必死にしゃべり続けていた。だから話に脈絡はなく、文子の思い出を誰かに聞いて欲しいというだけのようだった。その気持ちは手にとるようにわかった。

彼女のおかげで、私が知らなかった文子の暮らしぶりの一端を垣間見ることができた。

文子は地元で高校教師をしている男と見合い結婚をした。時期的に木内と別れてすぐのころだから、見合いの話はすでに進んでいたのかもしれない。翌年には息子が生まれている。専業主婦だった期間は短く、息子が小学校に上がる少し前に翻訳の仕事を始めた。技術系の専門書の翻訳なので仕事は多くあった。

亭主と別居してから離婚が成立するまで八年かかった。亭主が離婚を拒んだからだ。別居してからしばらくは息子と一緒に東京で暮らしたが、息子が長崎の私立中学に合格したのを境に息子とも離れて暮らすようになった。そして息子が大学に入った年に亭主は離婚を承諾した。

前の亭主が離婚を渋ったのは、世間体や面子だと古賀祥子は言ったが、文子がその男との離婚を望んだ理由については言わなかった。特別な理由があるわけではなかったのだろう。人が人を嫌う理由を言葉にするのは難しい。ただ、八年ものあいだ文子が宙ぶらりんの状態でいたことを私は不思議に思った。文子の性格ならば早く白黒つけたいと考えたのではないだろうか。しかも、亭主が離婚を拒否する理由が世間体や面子であるのなら尚更だ。

でも文子はそうしなかった。

もしかしたら、文子は亭主の希望を受け入れていたのではないだろうか。亭主の希望……それは、時間と距離を置いて復縁の可能性にかけるというものだったのではないだろうか。つまり、亭主が離婚を拒否したのは世間体や面子といった理由ではなく、単に文子と別れたくなかったからなのかもしれない。そして、文子はそのことを思いやったのではないか……。そう考えると、八年という奇妙な年月を納得できた。

古賀祥子はハンカチを目頭に当てた。

「これ見てください」ハンカチをひざに置いた古賀祥子は、ハンドバッグから一本のカセットテープを取り出した。「主人が交通事故で亡くなったときフミが送ってくれたものなんです」

カセットテープの表面は、何度も聞き、何度も触ったのだろう、傷つき汚れていた。

「昨夜もこれを聞いて……泣いてしまいました……フミの肉声、とっても元気があって、人に元気を与えてくれる言葉ばかりなんです」

周りがしんと静まり返り、弔問客の視線が古賀祥子に集まっていた。大半の人たちが目を真っ赤にしていた。

私たちは、それから十分ほどして辞去した。霊前にもう一度座って手を合わせた。私たちに気づいた文子の息子が玄関の外まで見送りにきてくれた。横に控えめに立って頭を下げる若い女性を見ていると、

「智彦さんの大学の同級生で相川夏実と申します。本日はありがとうございました」

と丁寧にあいさつをする。相川という苗字を聞いて、先ほどの供花の意味がようやくわかった。

渡辺通りに出てタクシーを待った。車の通りは多いが、タクシーはなかなかやってこなかった。三人は無言で立ち尽くした。三本目の煙草を吸い終えたとき木内が言った。

「明日は忙しいのか?」

木内が望んでいることはわかった。瞬間、申し出を断る口実を探している自分に気づいた。木内と飲み明かしても悪酔いするだけだ。思い出をたぐりよせ、過去の音色に耳を傾けながら酒を飲む習慣は私にはない。

「社史編纂室の状況は知っている。それにおまえの立場もな。電話に出た女子事務員の応対を聞けばすぐにわかる」

「だから何なんだ?」

「いまの状況をきれいさっぱり忘れるためにはおれと飲むことが一番だと思う。あのころのようにな」

私はすでに新聞社に辞表を出すことを決めていた。文子の葬儀も終わり、木内との関係も記憶の箱にしまうことができるような気がした。

木内と飲み明かすことも悪くない、そう思った。二十数年前を追想するのではなく、これからの一歩を踏み出すために、この男と痛飲してみよう。

「そうするか」私が笑うと、木内は、

「もうすべて解決したんや。とことん飲もやないか」

と、ほっとしたような表情を浮かべ、大林にも一緒にどうかと誘った。

大林は突然の誘いに驚いたのか、木内の顔を食い入るように見つめていたが、すぐに目尻を下げ、申し訳なさそうに言った。

「いえ、僕はこの足で空港です。ちょっと仕事がたてこんでましてね。あ、そうそう谷島さん、私の携帯の番号教えておきますから、たまには電話してください」と言った。

妙なことを言う男だ。あるいは記憶力が悪いのか、私はそう思った。大林の連絡先は、すでに自宅の電話番号も携帯の番号も聞いている。何かがひっかかったが、言われるままに教えてくれた番号をメモした。

先に大林をタクシーに乗せた。それからはタクシーはいっこうにやってこない。

「中洲まですぐだし、歩くか」

私たちは天神方向に歩き始めた。行き交う人が多く、肩がぶつかりそうになることもあった。歩いていると木内が言った。

「博多には、葬儀に参列したあとに女を買うという風習があるのを知ってるか?」

木内の問いに私は、知らないと答えた。

「昔ここに来たとき飲み屋のおやじに聞いたことがある。そのおやじが言うには、博多っ子にとっては人間の死も一つのお祭りなんだそうだ。楽しまなくっちゃ、ということらしい。もちろんその解釈は間違っているのだろうけど、博多の人間が悲しみを毛嫌いするってところは当たっている」

「今夜は楽しく飲みたいということか？」

私が尋ねるとそれには答えず、

「海が見えるホテルの最上階を予約している。もちろんシングル二つだから心配するな。おれには変な趣味はない」

「ああ」

「そこからは海が見える。おまえと文子とおれ。ボートに乗って、釣りをして、泳いで遊んだ海だ」

「用意のいい男だな、相変わらず」

「商社マンは段取りが命なんだ」

「きょうは何のための段取りだ？　昔話で盛り上がってもなくなったものは元に戻りはしない」

自分でもわかるほど皮肉な笑いを浮かべてみせると、

「それはわかっている。ただ、おれの中にある文子の残像を消さないとやっていけないんだ」

「そのために昔のことを聞いてくれというわけか？」

「文子が行方不明だと思ったら、実は病死していた。おれたちに何も言い遺さず、一人で死んでいった。おれは気が狂いそうだった。おまえに話を聞いてもらっても、完全にこころが晴れるわけではないだろうが、ここで一件落着させておきたい。こころの整理というやつだ……」

ほどなく中洲のネオンが見えてきた。

昼間見た素人娘のような中洲は、夜の衣服をまとって厚化粧をほどこした街娼のような光景に変わっていた。

居並ぶ屋台の中から、ひときわ貧相な構えの店に入った。のれんの中は、外見にふさわしく客は一人もいなかった。

裸になると肋骨が浮いて見えそうなほど痩せた屋台のおやじは、貧相な顔に不似合いな口ひげに手をやったあと、奥のテーブルに置いてあるコップを口に運ぶ。水なのか酒なのかはわからない。目の前にある朽ちかけそうな鍋から、おでんの匂いが漂い食欲をそそった。氷をばらまいたケースの中には新鮮な魚がところ狭しと並べてある。迷った末に、私はおでんをいくつか注文した。

「あのときも屋台で飲んだんだよな。釣りと海水浴でほてったからだに冷えたビールがうまかった。おれはあんなにうまいビールを飲んだことはあれからない。おれとおまえのあいだに文子が座って、両方を均等に見ながら話をする。彼女の髪に潮の香りが混ざっていたのをいまでも覚えている。考えてみると、あのころが一番よかったのかもしれない」

木内はコップの酒を一気に半分ほど飲んでから、受け皿にこぼれた盛りこぼしの酒をコップに注いだ。

「うまくいっていた三人の仲をおれが壊したんだ。おまえを裏切るとわかっていても自分を抑えることができなかった」

「気にするな。おまえが手を出さなかったら、おれが出していた。同じことさ」

私は表情を変えずにそう言ったものの、唇が歪み、胸が一瞬高鳴った。

脳裏に浮かんだのは文子の裸身だった。私はそれを消し去るように頭を軽く振った。

入院先に文子を見舞って二か月ほど経ったころ、彼女は突然私のアパートにやってきた。文子は木内とのことには何も触れず私に抱いてくれと言ったのだった。

そのときの記憶が私を動揺させた。

しかし、そんなことを知る由《よし》もない木内は話し続けた。

「文子はおれたちのことをおまえにきっちり話してくれと言った。このまま黙っているのは卑怯だとも言った。しかし、おれは言い出せなかった。結局は文子の事故のときにばれてしまったけどな」

木内のコップはすでに空になっていた。私は半分ほど残っていた酒を飲み干し、同じ銘柄を注文した。

「どうして別れることになったのか、いまでもわからないんだ。もちろん喧嘩もした。ののしったこともあった。一方的にな。でも、おれはそんなことで文子の愛情が遠のくなんて思ってもいなかった。だから突然別れたいと言われたときはショックだった。それでもおれは修復はできると思っていた。メキシコ駐在の辞令が下りたのでいい機会だと思った。一緒に来てくれるものと思っていた」

木内は前を向いたまま言葉を続ける。

「メキシコには五年いた。三十二のときに帰国した。文子はすでに二十九だ。一人のはずはないとは思ってはいたが、結婚したと知ったときはさすがにめまいがした。その半年後におれは社内の女と結婚した」

「子供はいくつになる?」

「いない。ワイフとは八年前に別れた。いまは独身貴族だ。いや、貴族とは言えないな。それが災いして役員コースからはずれてしまったんだからな」

「……」

「文子は不運な女だ。結婚に失敗する人間はたくさんいるが、ようやく新しい亭主を見つけた矢先に病死するとは……。佳人薄命と言うが、当たってるよ。こんなことだったら強引にメキシコに連れていくんだった……結局おれが文子の一生をぶち壊したようなもんだ」

木内は牛すじを頼みコップを手にした。

「仕事に燃えていたからな、あのころは。いい女はごまんといると思っていた。でもいま考えると、それは自分をなぐさめていただけだったようだ。文子のことが載っている新聞記事を見つけたとき、息がつまりそうになった。昔のことが次々に浮かんできて、泣けた」

「それはおれも同じだ。いや、おまえと同じと言ったら失礼かもしれないが」

「いいんだ。おまえもおれと同じくらい文子と関わってきたんだから。ただ、おれがおまえを裏切って一歩前に出た。おれは卑怯なやつだからな」

木内の言った卑怯という言葉を耳にしたとき、再び文子とのことが脳裏にきらめき始めた。

あのとき、文子は私にからだをぶつけてきた。抱いて欲しいとはっきりと言葉にした。私は彼女のやわらかいからだを押し戻した。文子はからだをよじり、けがれているからかと訊いた。友人と関係した女はけがれているのか、文子はそうも言った。文子の目は光っていた。初めて見せた涙だった。とりわけ大粒の涙が音を立てるように床に落ちたとき、木内とは別れたと彼女は言った。それでもだめかと訊いた。そんなことが理由ではない、そう考えたが理由があるとはとても思えなかった。強くこの場で文子を抱きしめたいのに、衝動を抑えている自分のからだが他人のように感じられた。私は何も言わずに文子をアパートから追い出した。

文子は翌日も私のアパートのドアをたたいた。三日目に文子を中に入れた。これ以上、ありもしない理由を探し続けることは私にはできなかった。その夜、私は文子を抱き、彼女の裸身を記憶の箱にしまい、彼女の言葉をこころの奥底に沈ませた。その夜の記憶の箱には、盗まれないようにしっかりと鍵をかけた。鍵はいまも私のこころの中にある。

私はコップに入った苦い酒を一気に喉の奥に流し込んだ。

「おまえは卑怯ではない」

私は木内の横顔を見たが、木内は黙ったままだった。

居心地の悪い時間が過ぎていく。わずか数分のことだったが、私には数時間にも感じられた。

店主は外にある椅子に座って煙草を吸っている。客が一人入ってきた。店主は気づかない。

「お客さんでっせ」

木内が大声を出した。店主が煙草を捨てて、屋台の中に入ってきた。ようやく嫌な空気がなくなり、私は安堵した。木内が何かを思い出したように、

「新聞社には同期会はあるのか？」

と訊いた。そんなものないと答えると、

「おまえはバブルが何年から何年までか知ってるか」

と訊く。黙っていると、

「バブルは一九八六年から一九九一年まで五十一か月続いた。おれが國広物産に入社したのはバブル最後の年、一九九一年だ。だから同期会の名称も一九九一なんだ。変だろう？　普通は何々会とつけるじゃないか」

と笑い、木内は胸ポケットから手帳を取り出して一枚破りカウンターに置くと、ボールペンを取り出して「１９９１」と書いた。

「これがおれたちの同期会の名称だ」

そのとき、また客が入ってきた。二人連れのサラリーマンだ。ぱりっとしたスーツに品のいいネクタイをつけている。福岡には東京に本社を置く大企業の支店が九州全域の基地として配置されている。

木内は入ってきた客二人をちらりと見たあと、ポケットからライターを取り出して、いま書いたメモに火を点けた。小さなメモは数秒で灰になった。


ホテルの部屋で一人になると、虚脱感が襲ってきた。私は煙草に火を点けて窓をあけた。涼風がほてった頰に心地よい。遠くでショッピングセンターのネオンサインが愛嬌をふりまくように光っている。目をわずかにずらすと黒い海が広がり、暗黒を切り取るかのように淡い灯りを明滅させている「海の中道」がカーブを描いていた。私は海外取材の折に立ち寄ったオルセー美術館で目にしたゴッホの「星降る夜、アルル」を思い出した。闇の中でコバルトブルーの空と星のまたたきが溶け合い、力強い星群とそれを反射して水面で淡い光を放つ黄色。夜と幻想をたたきつけるようなタッチで表現した絵画。

文子と一夜をともにした夜、私のこころにはそんな光景が広がっていた。私のこころを支配していたのがコバルトブルーや鮮やかな黄色だったのか、あるいは単なる闇のイメージだったのか、いまではわからない。

それ以来、文子と会うことはなかった。

木内が私を裏切ったのではない。その逆だったのだ。

私はカーテンを閉め、ベッドにもぐり込んだ。知り合いから誘われている仕事のことを考えた。やるべきことが終わったら私はまた記者の第一線に戻る——ついいましがたそう決めた。記者としての意欲が甦る気配はなかったが、私には緊張の中に身を置く必要があった。からだを酷使し、ペンを握って事件を追っていないと必ずや溺れてしまうだろう。仕事の海の中で泳いでいれば、苦味も忘れられる。

私は時計を見てベッドサイドの電話に手を伸ばした。大林は待っていたかのようにすぐに出た。

5

店のつくりは二十年の歳月を感じさせなかった。ロフト風の店構え、むき出しの天井からは、セーブされたスポットライトが四方の壁を照らし、そこに掛けられているゴヤの銅版とアンダルシア風のいく枚かの皿をくっきりと浮かび上がらせている。文子は二十年前、いつもそれらを磨き込んでいた。こうやって愛してあげるのよ。女はこうやって愛されると、本能的に愛着を感じるの、と語りかけながら。私は文子をそうやって愛したことはなかった。それが、いま私の横でターキーの入ったグラスを傾けている木内靖夫に対する遠慮だったのか、単に意気地がなかっただけなのか。いまもわからない。

きょう木内靖夫を誘ったのは私だった。文子と出会った店に行ってみないか。彼の会社に電話を入れると、「そんな誘いが必ずあると思っていた」木内の意味ありげな笑いが受話器を通して聞こえてきた。

店に入るとカウンターの左隅に座る木内の背中が見えた。店にはサラリーマン風の客がいるだけだった。私は木内の右隣に座った。しばらく二人とも黙ったままだった。

「おまえ、いつから大阪弁を使わないようになった?」沈黙を破ったのは私だった。「飲み歩いていたころは大阪弁丸だしだったはずだ。まあ、語学に堪能なおまえのことだから、大阪弁と標準語の使い分けなんて簡単なんだろう。でも、ふとしたきっかけで慣れ親しんでいたイントネーションが現れるものだ……」


あの日、大林はそのことを告げたいがために携帯の番号を私に伝えたのだった。文子の部屋から漏れ聞いた声の主は木内に違いないと、大林は言った。イントネーションと声の質から間違いないと断言した。

だからといって、木内が文子を殺したとは言えない。すでに文子は病死であると証明されているのだ。

ただ、どうしても腑に落ちないことがいくつもあると私は感じていたし、大林も同じ思いだったのだろう。大林はこう言った。

「フミちゃんは飲んで帰ってから、さらに飲みに出るなんてことはしない人ですよ。勇也くんに山崎、木内両方の写真を見せたら、勇矢は、木内のようだ、と言いました」

「木内の写真をどこで手に入れたんです？」

「きょう撮ったのです。遠くから、前からと後ろからを数枚。それをＬＩＮＥで勇矢くんに送って確認させました」

「他人のそら似なのでは？」

「後ろ姿の、背筋が通って、しかも肩幅が広く肉厚。まあ、言葉にすればそういうことです。勇矢くんはまだ十九歳ですよ。視力は私のように劣化していませんから」

大林が言う根拠は、いまひとつ説得力に欠けていたのだが、電話を切ってから、私の頭の中にはいろいろなことが浮かんでは消え、消えては次のものが現れたのだった。


木内はグラスを右手に持ったまま私に視線を這わせた。熱い視線を受けるにつれて、私のこころは冷たくなっていった。

「文子が肩まであった髪を切ったのは半年前だと聞いた。ところがおまえは文子がショートヘアだと言った。二十年以上も会っていないと言ったおまえがだ」

木内が私を見つめたまま、マルボロに火を点けた。私は紫煙が立ち昇るのを見てから続けた。

「文子は若林にある婚約者のマンションには五分ほどしかいなかった。彼の家をすぐに出たのは、その日のうちに会わなければならない人物がいたからだ。その男は文子の携帯に電話をかけていた。山崎宗一郎との結婚を決めて再出発を誓った文子がその男に会う理由はわからない。腐れ縁を断ちたかったのかもしれないし、二十数年ぶりに会った旧友のことを伝えたかっただけなのかもしれない。あるいは、預けたものを返してもらうためだったのかもしれない。文子は歩いていけるその場所に行った」

張りついた視線が鋭利に研ぎ澄まされいくのがわかった。私は続けた。

「雨がぱらついてきた。でも問題はなかった。彼女が訪ねていった家には傘が置いてあったからだ。どうしても処分できなかった赤い傘が……」

木内は煙草を灰皿に押しつけて消した。まだ一センチほどしか吸っていなかった。

「タクシーが運よくやってきた。山の手自動車のグリーンのタクシー。運転手は〈わけあり〉と思って客には声をかけなかった。文子と男はタクシーの中ではひと言も会話を交わさなかった。理由はわからない。男はただ下を向いていた」

店内では、カウンターに座った若い男が店の女の子に冗談を言って笑わせている。がちょうのような笑い声がデキシーの軽快な曲と混じり合っていた。カウンター越しに女の子の足元が見えた。厚底サンダルの上に伸びた両足は針金のように細い。

「男は文子の顔面を一撃した。鼻骨が折れ、昏倒して失神した。男は頭に血が上っていた。憎悪と冷血が交じり合った。包丁を取りに台所に向かった。が、持ち前の冷静さはすぐに取り戻せた。婚約者の山崎が料理が得意だということは文子から聞いていた。文子のマンションの包丁には山崎の指紋が当然ついている。そのことに男は気づいた」

私はここで口を閉ざした。心身ともに限界だった。

木内の息遣いがかすかに聞こえた。それを聞いて、私は最後の言葉を吐いた。

「おまえに頼みがある」

私が言うと、木内は無言のまま私の方を見た。目が合った。暗い洞窟のような目がそこにあった。私は最後の気力を振り絞った。

「犯人はおれじゃない……そう言ってくれないか」

木内の目は暗いままだった。

がっしりとした両肩がわずかに震え始めたのは、どのくらい経ってからだっただろうか。

店内に流れる軽快なデキシーのリズムにふさわしくない沈んだ声が木内の口から洩れ始めた。

「文子のことを忘れることはできなかった。ブランクは何度もあったが、ずっとおれは文子を愛していた。でも、おれの存在は彼女のこころの中心にはなかった。いつも別の男のことが頭から離れないようだった。言葉の端々、ふとした表情で、それがおれにはよくわかった。それだけではない。彼女は無意識にその男の名前を叫ぶことがあった。その男の名前を叫び、そして果てる――。

あの日、おれは彼女の携帯に電話を入れた。会いたいと言った。彼女は無理だと言った。しかし、しばらくして今度は彼女の方が電話をしてきた。彼女は、あなたにあげた傘を返してくれないかと言った」

「あなたにあげた……?」

「そうだ。文子はあの傘をおれにくれたのだ。半年前のことだ。谷島くんからもらった傘よと言っただけで、なぜおれにくれるのか、理由は言わなかった。でも、おれにはわかった。三人を頂点とした三角形に生じた歪みを一番気にしていたのは文子だったからな。どうにかして元の正三角形に戻したかったんだろう」

「……」

「おれはその傘を持って外に出た。彼女は傘を受け取って帰ろうとした。おれは送らせてくれと頼んだ。その日、おれは彼女を抱きたいと思っていた。非常識だと笑ってくれてもいい。しかし、彼女のことを記憶にとどめておきたかったんだ。おまえが言った通り、文子は髪を切ってからはおれを拒み続けていた。当然のことだとおれも納得はしていた。しかし、あの日だけは違った。彼女の部屋に着いてから、おれは彼女に泣きついた。もう二度と会うまいと決心していたし、文子にもそう言った。文子には幸せな家庭をつくって欲しかった。本当に最後のつもりだった。

しかし……しかし、文子は強硬におれを拒否した。その態度に違和感があった。拒否の仕方が違うんだ。

彼女は、その日あったことを話し始めた。二十年ぶりに会った男のことを。男は昔と同じように殴られていた、と彼女は言った。氷で患部を冷やそうとしたら拒否されたと言った。ちょっぴり大人になっていたと言った。相変わらず口をたたいていたと言った。そんなことを話すときの彼女の表情は二十年前の文子のようだった。

おれは彼女を押し倒した。欲しかった。彼女がむしょうに欲しかった。しかし、彼女はおれのからだを細い腕で押し戻しながら、あの人にしかられる、と叫んだ。

あの人……もちろん、おまえのことだ。

あの人にしかられる……そのひと言を聞いたところまでは覚えている。記憶の欠落なんて初めてだった。気づいたとき、おれは深くて早い息を吐きながらベランダによりかかって下を見ていた。ことりとも動かない血だらけの文子がそこにいた」

店内の音楽がデキシーからコルトレーンに変わっているのに気がついたのは、木内がひと息ついたときだった。沈鬱だがエネルギーを底に秘めたサックスの音色が店内に響きわたる。

「おれはずっと悔しかった。文子のこころを最後まで自分に向けることができなかった自分が情けなかった」

木内の肩の震えは収まっていた。

夏が来た。

私は相変わらず辞表を胸のポケットに忍ばせたままの生活を続けている。変わったことといえば、木内靖夫と連絡がとれなくなったことだけだ。

会社は辞めたようだ。

私の頭はずっと混乱している。文子の病死。もう一つの消えた死体。そして木内の失踪。

私は、胸のポケットにある辞表を一度、引き出しにしまうことにした。木内が文子の死に何らかの形でかかわっていたとしても、あるいは全く無関係であるとしても、事実を究明していくには、いまの閑職の方がやりやすい。

家の前に立ち止まって、垣根からのぞく夾竹桃の淡い黄色を見つめたあと、夕刊を取りドアを静かにあけた。

台所からまな板をたたく包丁の小刻みな音が聞こえてきた。

玄関でしばらく音と匂いを楽しんでいると、スリッパの音が聞こえてきた。

「あら、早かったわね。夕飯、もうすぐできるから」

ミネラルウォーターの最後の一本がなくなった日に女房は子供と一緒に戻ってきた。彼女はまっすぐに台所に行き冷蔵庫をあけた。やせ我慢をしていてよかったと私は思った。氷はごっそりと残っているのだから。しかし、女房は氷には目もくれず、最後の一本となったミネラルウォーターを手に取り、私の方を向いて茶目っ気たっぷりにガッツポーズをしたのだった。

靴を脱いで居間に入った。

女房がお茶をテーブルに置き、また台所に向かった。濃い煎茶が疲れたからだにしみ込んでいった。

書斎に行き、引き出しにある辞表をちらりと見たあと、その横に置かれた二枚の名刺を取り出した。一枚は文子の息子である智彦がくれた名刺。もう一枚は山崎宗一郎のものだ。

山崎の名刺を裏返した。そっと名刺を指の腹でなでた。ロットリングで書いたような直線的な数字。達筆でもあった。山崎が書いたものではない。この名刺はあのとき、焼き鳥屋のテーブルの上に置き忘れていたのを文子が気づいて渡してくれたのだ。

この数字は私の頭の中に入っている。文子の葬儀のときに智彦からもらった名刺の電話番号とぴったり一致する。

文子は山崎の名刺に息子の電話番号を書いていたのだ。

何のために？

私は博多で会った文子の息子の姿を思い描いていた。

長身。白い頬。強靭な顎。そしてナイフで切ったような細い目。それは、若かりしころの私にひどく似ていた。

私は文子の言葉を頭の中で反芻した。

「あなたにもらった宝物、大事にしてるわよ」

第二章　文子の過去

1

羽田を飛び立ったボーイング機は安定飛行に入った。一時間もすれば福岡国際空港に着く。

窓辺から雲海を眺めていると、文子の顔が脳裏に現れ、走り去るかのように消えていった。雲海が途切れると、今度は文子の遺影が現れた。木内靖夫と三人で写った写真だ。遠い過去のことだが、いまなお現実であるかのような錯覚を覚える。

急遽、福岡に行くことになったのは、昨日柳原智彦から電話がかかってきたからだった。

智彦は葬儀に参列してくれたことへの礼を言ったあと、

「実は谷島さんにお渡ししたいものがあるんです」

と言い、葬儀の際は落ち着かなくて失念していたと付け加えた。

「渡したいもの?」

「はい。母に頼まれていたものです。何かあったら、これを谷島さんに渡すようにと。新聞社の住所、電話番号のメモも一緒に。郵送ではなく直接渡すように母に言われました」

「何かあったら、というのはどういう意味なんだろう」

「亡くなったときにという意味だと思っていました。まさか、現実になるとは思っていませんでした」

「いつ言われたんだい？」

「亡くなる一か月ほど前に博多に戻ってきたときです」

「中身は何？」

「知りません。見ないように母に言われていましたので。誰にも見つからないところに隠しておくようにとも言われました。相当重要なものだと思います。天井裏に隠しておきました」

「ということは、まだ誰も見ていないんだね」

と訊くと、智彦は、「はい」と答えた。


居間に案内され、ソファに座った。智彦は奥に引っ込んだ。テーブルの上に風呂敷包みが置いてある。しばらくすると奥からコーヒーの香りが流れてきた。すぐにコーヒーカップを二つ持ってきた。智彦はテーブルの上に置いてある風呂敷包みを私の方に寄越した。

中から出てきたのは、システム手帳とバインダーだった。

A5サイズのシステム手帳はジッパー付きで表面下に「ashford」と刻印されている。かなり使い込んだようで、皮革はあめ色に変色しており、ジッパーは縫い糸が切れたのか、再度縫製した跡が見える。中を開くと日記だった。いや、備忘録といった方が当たっている。

そして出だしの一行に、私の目は釘付けになった。

「相川達也は殺人者」

と書かれてある。

しばらく呆然としていた。智彦が横からのぞき込む。唾を飲み込む音が聞こえた。

「きみはどう思う？」

智彦に訊いてみた。

「あり得ないです。そんな人じゃないと聞いています」

「きみのガールフレンドは相川さんとはどういうつながりなんだい」

「夏実の父親のお兄さんが相川達也さんです」

「伯父さんが殺人者とは物騒な話だな」

「夏実は相川達也さんを尊敬しています」

尊敬すべき人間が殺人を犯さないとは限らない。

相川達也は、大物総会屋として政界、財界に大きな影響力を持っている。もちろん裏社会との接点もある。その意味では、「物騒な話」というのは満更間違ってはいない。

「先を読んでみよう」

日付と短い文章が一行ずつ並んでいるだけの日記だ。二〇一七年二月一日から翌年の三月二十六日までのほぼ一年二か月分。

行動だけを記しているので内容がつかみづらい。どこどこで誰と会った、誰々から電話あり、そういった記述なのだ。日記だから、書いた本人はすでに自分でわかっていることを書きはしない。だから第三者には理解できないのだ。それでも、半ばまで読み進んだころにはおおまかな内容を把握することができた。

殺人事件の真相を追っているようだった。

サハラ砂漠で殺人事件があり、死体はサハラ砂漠に置き去りにされた。犯人は相川達也。目を疑ったが、列記された細切れのコメントをつなぎ合わせれば、そう読める。

相川に疑いの目を向けたきっかけは、『サハラ紀行』というエッセイだった。執筆者が「柿本浩二郎」と知って二度驚いた。私の古い友人だ。自殺したと言われている宗教学者だ。フランス語で書かれたもので、それを文子が頼まれて日本語に翻訳している。翻訳を依頼したのは相川達也となっていた。

あり得ない話だと思った。

自分が殺人事件の犯人であることを示唆する文書を、赤の他人に翻訳依頼するだろうか。あり得るとすれば、文子が殺人事件のことを知らず、知るすべもないと相川が思ったのか、あるいは相川と文子の仲が緊密であるかのどちらかだ。

疑問を残したまま、日記のあらましを反芻した。おおまかな流れは、こうだ。

文子は柿本のエッセイに出てくる「番長制度」というものを調べた結果、大日向という人物に行き当たった。ことの真相を究明すべく、大日向から見せてもらった資料に登場する人間たちに会う。その過程で知り合った牧村書房から本にすべく執筆を依頼された——。

一連の動きが事実ならば、文子が殺された原因はそこにある。続きを読み始めたとたん、三度目の驚きが襲ってきた。

木内の名前が出てきたのだ。失踪している木内靖夫だ。しかも木内と文子は連絡をとり合っている。喫茶店で、文子の自宅で、二人は会っている。電話もかけ合っている。

木内と文子とのあいだでどんなやりとりがあったのかは日記ではわからない。コンタクトをとっていたということは、二十数年前の恋愛関係が再燃したと言えなくもない。胸の内がざわざわしだしたが、これは明らかに嫉妬だ。

木内の名前が登場したのは二〇一八年二月三日、つまり文子が亡くなる一年ほど前のことだ。

「二月三日　木内氏に電話、会うことになった」と書かれてあり、つまりは、二人はずっと会っていたわけではなかったのだ。

そして木内と会った二月四日以降、文子の身に危険が忍び寄る。無言電話、尾行、地下鉄のホームで背中を押される、など。しっくりいかないのは、文子の心情や考えが書かれていないからだ。

何があったのか？

考えがまとまらなかったが、思うままに智彦に言った。

「相川達也さんに会えるかな」

考えるより行動することが解決への近道だ。日記に登場する人間たちに会って話を聞くことはもちろんだが、最初に会うべき人間は相川達也だと思った。

「夏実に言えば連絡してもらえます」

「じゃあ、お願いしてくれ」

「でも……」

「危険を伴うとでも思っているのかい？」

智彦は頷いた。

「大物は小物を相手にしないから大丈夫さ。まあ、慎重に事を運ぶから心配はいらない。それに、夏実さんときみの紹介なら、危ないことはしないだろう」

智彦は納得がいかないという表情のまま頷いた。

日記を置き、もう一つのバインダーを開いた。ワープロで打たれた文字が並んでいる。さっと目を通した。

「翻訳原稿かな？」つぶやくと、横からのぞき込んでいる智彦も「そうみたいですね」と言う。

冒頭に日付、依頼先、出典などが記されている。技術翻訳らしく、門外漢の私にはさっぱりわからない分野のものばかりだ。自動車エンジンとロボットに関するものが多いようだ。ぱらぱらとめくってみたが、専門用語で埋め尽くされていて、よくこんな難解なものが理解できるものだと、あらためて文字の知識の幅広さに感心する。ファッション関係の翻訳もあった。専門誌の抜粋のようだ。パリの最先端ファッションの紹介といったところだろうか。

さらにページをめくっていくと、気になる文字が出てきた。

〈依頼先―相川達也。出典―英国政治論考集〉

英保守党の政治スキャンダルが政治情勢にどのような影を落としたか、が主題のようだ。スキャンダルに注目したのは黒幕の相川らしいと思った。他にも相川から依頼された翻訳原稿があった。その中から探していたものを見つけることができた。

『サハラ紀行』。フランスの雑誌に掲載されたエッセイを翻訳したものだった。すぐに読み始めた。

『サハラ紀行』（一九九五年八月）

日本人留学生　柿本浩二郎

幻想的な砂模様だけを想像していた私だったが、いざサハラの地を歩くといかに勉強不足だったかを思い知らされた。

もちろん、太陽の光を浴びてきらきらと輝く砂粒群がかもし出す優美な世界は私のこころに感動の嵐を巻き起こしてくれはしたが、特殊な気候条件によって創造された石や礫による芸術作品を目にしたとき、感動よりも沈黙という言葉が適切なほど私のこころは静まり返った。

いまから十年前の一九八五年九月、私はサハラの地に立っていた。目をつぶるといつまでも視覚に受けた感動が蘇ってくる。一面砂で構成された世界、光を浴びた岩肌の輝き、地平線に沈む巨大な太陽、太陽神にひれ伏すサハラの民……。

特別な体験がその後の人間形成に大きな影響を与えるのならば、十年前のサハラでのそれは、まぎれもなく私のその後の生き方に大きな影響を与えた。

自然の驚異、人間の尊厳、そして自然と人間との融合。

それは私にとって新しい世界だった。見てはいけないものを見てしまった、とでも言えようか。逆説的な意味でそんな感慨を抱くほど、私は嬉しい悲鳴をあげ続けた。

もともと計画にあったわけではなかった。たまたま通りかかったマドリッドで知り合った旅行者と意気投合し、彼のサハラ行きに便乗したのだ。

すでに閉鎖されたと聞いているが、当時マドリッドのユースホステルには「番長室」なる一室があった。日の丸が掲げられたその部屋には、日本人旅行者がたむろしていた。放浪者の気持ちは放浪者にしかわからない、そんな雰囲気が充満する場所だった。「番長制度」のあった「日本人村」は、情報提供の場として旅行者に多大な貢献をしていたのだ。番長室には日誌があり、訪れた者たちは日誌に書き付け、遠い日本を偲んだ。

当時日本の大学に入ったばかりの私は、大学と日本に対する失望と不信を強く感じて休学届けを出した。そして知人からかき集めたわずかな金を持って日本を飛び出した。数多くの国を見て回ることだけを唯一の目的にヨーロッパの国のほとんどを回り終えた私は、当時あまり興味のなかったスペインに足を伸ばすことにしたのだった。

人生の転機と言えばおおげさだが、結果的にスペインは私の第二のふるさとと言える国となった。

それはお国柄、民族性、気候、自然、文化、すべてを含むスペインの魅力によるものであったが、加えて番長室で出会った人間たちとの交流がそうさせたのだった。

一つの国に長居しないことを肝に銘じていたにもかかわらず、マドリッドには三か月も滞在してしまった。

イベリア半島はアフリカに近い。マドリッド滞在中にもいく組かの日本人旅行者がモロッコに向けて旅立っていった。逆にアフリカから帰ってきた者たちの話を何度も耳にした。

私のような好奇心旺盛なハイティーンが自分の目で見たくなるのは当然のことだった。四人でチームをつくった。ライカ、ガンジャ、株屋、そして私の四人。本名は単なる記号だとでも言いたいのか、番長室を訪れた者には、第一印象によってニックネームがつけられるのだ。

「ライカ」はカメラマン。持っているカメラはニコンFだったが、常々「ライカが欲しい」と言っていたのがニックネームの所以《ゆえん》だ。「ガンジャ」はガンジャ（大麻）経験者というだけのことだった。「株屋」もその名の通り。株式投資で培った情報収集能力は抜群だった。最年長で整った顔立ちをしている、低いバリトンの声がよく通る魅力的な男だ。

私は「リエゾン」。フランス語が得意だからという理由で誰かがつけてくれた。当時十九歳。機転は利かないがフランス語だけは自信があった。

マドリッドから一気に南進。アルヘシラスからセウタにフェリーで渡ればモロッコである。スペイン南部のアンダルシア地方もアラブ文化がいたるところに散見できるが、モロッコはまた格別だった。妙な言い方だが、アラブそのものなのだ。

フェスでカスバを見学した。牛革に入った水を飲んで激しい腹痛に遭い、回復後東進し、アルジェリアに入国した。その後、アルジェを南下。二時間後に砂の世界に入った。

我々が乗ったレンジローバーは快調なエンジン音を響かせて真っ直ぐの道を疾走する。


柿本が書いたサハラ紀行はこのあたりから本来の紀行文となっていた。学者が書いたにしてはくだけた文体だが、一般人が読むにはやはり硬い。もっとも柿本はこのエッセイをフランス語で書いたのだから、翻訳者が悪いということになる。つまり文子だ。それでも臨場感はたっぷりあり、サハラ砂漠の魅力は充分に伝わってきた。そして、紀行文が延々と続いたあと、この原稿は次のように締めくくられていた。

長いあいだ一緒に旅をしているとやはり人間関係はうまくいかなくなるようだ。ガルダイアに到着した時点で、さらに南のタマランセットに足を延ばす当初の計画をめぐって意見が割れた。ライカと株屋は南下を希望した、ガンジャと私は迂回したいと主張した。レンジローバーの持ち主はガンジャである。南下組の二人はガンジャに車を貸してくれと頼んだ。当然断ると思っていたが、予想に反してガンジャは承諾した。マドリッドのユースホステルで返してもらうことを条件とした。

私とガンジャはヒッチハイクで旅を続けることにした。ガンジャになぜ大事な車を貸したのか訊いてみた。ヒッチハイクをしてみたかったのだというのが答えだった。ブラックアフリカまで行くつもりはなかったので、東に回ってエジプトに入ることにした。

レンジローバーが砂煙を上げて走り去るのを見送り、私とガンジャは東方向に歩きだした。

二週間後、私たちは再びマドリッド番長室の住人となった。そして二人の帰還を待っていたが、一か月経っても戻ってこなかった。再会できなかった悔いが残る。

アフリカ人の彼女ができてハーレム状態なのかもしれないぞ、冗談交じりに番長室の住人たちとそんな話をしたものだ。

このエッセイが日本人の目に触れることはないとは思うが、万一読んだ人がいるならば、そして彼らの現在の所在を知る人がいたならば、ぜひ教えて欲しいと切に願って筆を擱《お》く。

読み終わったあとも、しばらく柿本のエッセイを見つめていた。

文子が日記の冒頭に書いていた「相川達也は殺人者」の根拠は、柿本のエッセイにあるサハラでのことだと容易に推測できた。行方不明になった「株屋」と「ライカ」のあいだに何かが起きたのだろう。

「相川達也をネットで検索してくれないか」

智彦はすぐにノートパソコンを立ち上げた。

2

「とりあえずウィキを見てみます」

智彦は画面をざっと見たあと、ノートパソコンを開いたまま画面を私の方に向けてくれた。ウィキペディアの「来歴・人物」の欄にはこう書かれてあった。

一九四〇年一月一日、福岡県筑紫郡太宰府町（現在の太宰府市）に生まれる。福岡県立筑紫東高校・定時制を経て、一九五八年四月に明法大学法学部二部に入学。二年後に中途退学。証券会社社員、土木請負業、業界紙記者など数多くの職業を経験したあと渡欧。十数年間、欧州各国を放浪。その体験の成果として、英語、仏語、西語が堪能。帰国後、『永田町ジャーナル』を創刊、主筆として活躍。政財界に知己を得て政治の世界で力を発揮するようになった。

「証券会社となっていますね」

「ということは、柿本のサハラ日記にある〈株屋〉と呼ばれている人間は相川である可能性があるな」

智彦はノートパソコンのキーをたたき始めた。しばらくして、「こんなのがありました」と教えてくれたのは、『月刊歴史』という雑誌のインタビュー記事だった。二〇〇二年三月号のものだ。

「外人部隊入隊歴の噂があることは知っています。でも私にそんな度胸はない。考えてみてください、傭兵は何の保障もない。いやあるけれど、実質ないに等しい。殺されたら終わりです。噂は、傭兵になりたかったという発言に尾ひれがついたのでしょう。私は若いころ海外を放浪していましたが、基本的に株で儲けた金で旅費、滞在費をまかないました。運が強いのが私の特長でね。株で損をしたことはなかった。大学を中退してアルバイトで入った株屋で基本を教えてもらいました。一年で十年は遊んで暮らせる金を稼いだ。二十歳のときにフランスに行き、ヨーロッパのほとんどの国を訪れました。放浪といっても、当時流行っていた貧乏旅行ではありません。一流ホテルに宿泊する。私は基本的に貧乏くさいことが嫌いでね。で、海外生活にも飽きたので帰国し、鉄鋼関係の業界紙に入った。生活費を稼ぐためではありません。私の当時の夢は自分の新聞を出すことだった。真の意味での愛国を語れる媒体をつくりたかったのです。そのために新聞制作のイロハをその新聞社で学びました。並行して、いわゆる右翼といわれる団体との交流を深めていった。で、思いが叶って『永田町ジャーナル』を創刊することができました。そして雑誌を通して広がった人脈がいま私の血肉となっているわけです。私を慕ってくれる人間たちが増え、政界の中枢に知己が増え、影響力を持てるようにもなった。だから、一部で噂される暴力団の構成員だったというのも間違っています。もちろんそういった社会に知り合いは多くおりますが、組員になるほど私は愚かではありません」

ウィキペディアは信憑性がいまひとつだし、『月刊歴史』のインタビュー記事も本人の言葉だからすべてを信じることはできないが、会う前の知識としてはこれで充分だ。智彦に印刷を頼み、プリンターからはき出された紙片を折りたたんでポケットに入れた。

柿本のエッセイに出てきた「株屋」が相川達也であることは、ほぼ間違いない。あとは、裏取りで事実関係に厚みを加えていく必要がある。

文子が相川の殺人事件を追っていたのなら、相川が彼女の死に何らかの形でかかわっていることはあり得なくはない。

パソコンでさらに二つのことを検索した。文子の日記にあった牧村書房と番長制度だ。

文子は「番長制度」を調べて「大日向」という人間と知り合ったと日記に書いている。取材に大日向が応じてくれることを願いながら、連絡先を見つけるために検索エンジンにキーワードを入れた。

「番長制度」と「大日向」はすぐ見つかった。大日向のブログにメールを送った。返事が来ることを祈るしかない。ブログを子細に見ていると、フェイスブックとリンクしていることがわかった。すぐにフェイスブックで大日向を見つけ、メッセージを送った。柿本のエッセイに出てきた「株屋」「ガンジャ」「ライカ」の本名と所在を知るためには大日向からの返事を待つしかない。

牧村書房は、暴露ものを得意とする出版社のようだ。単行本を中心にかなりの点数を出している。雑誌は経済関係の月刊誌、あとは名所旧跡の写真集などを出版している。会社は神保町の三省堂近くのビルに入っていた。ホームページの会社案内のページをプリントアウトして手帳に挟んだ。

手始めに牧村書房に電話しようと携帯を取り出したとき、タイミングを見計らったかのように着信があった。待ち受け画面には神谷の名前が表示されている。

忘れていた。せっかく福岡に行くのだから神谷と久しぶりに会う約束をしていたのだ。神谷は大日新聞の福岡支局勤務だ。待ち合わせ場所を決め、電話を切った。

そこで思い出したことがある。神谷は暴力団の事情に明るい記者だ。相川達也とその周辺のやくざ事情を教えてもらおう。

西日を浴びて輝いていた庭の柿の木の緑は薄墨色に変わってしまった。時計を見るとすでに六時を回っている。

「今夜の予定は?」と、智彦に訊くと、何もありませんと答えた。

「これから同期の人間に会うが、時間はそれほどかからないと思う。終わったあと、中洲で飲むかい？」

「ぜひ」

終わり次第電話をすることにして、神谷との約束の場所に向かった。


神谷の顔にはトレードマークの丸眼鏡がなかった。

もともと眼光が鋭く、そのため危ない世界に生きる人間によく間違えられていた。身長も体重も日本人の平均をはるかに超えていて、重量級の柔道選手のような体格だがスポーツはからっきしだった。

天神交差点角の天神ビルの入口で待ち合わせて中洲方面に歩いた。飯の食えるところという希望を伝えていた。

橋を渡り右に折れ、一つ目の路地を左に曲がって少し行ったところにある店に入った。のれんをくぐると、竹をふんだんに使った和風の室内が現れた。カウンターと奥には個室がいくつかあるようだった。私たちはカウンターの右端に腰を落とした。

「きょうは社の連中は来ないから安心して飲めるぞ」

神谷はそう言うと、ビールの入ったグラスを持ち上げた。カウンターの中には四十ぐらいの細《ほそ》面《おもて》のママと、その夫だという板前がいる。こちらの事情を察したのだろうか、ママはグラスにビールを注いだあとすぐに私たちの前を離れ、左端に座っている客の方に移っていった。

「おまえが部長を殴ったと聞いたときは、やっぱりなと思ったぜ。摘発こそされなかったけど、うちの社長は明らかに黒だからな。そんなのが経営のトップをやっている新聞社というのも珍しいよな。書くことの意味なんてほとんど消え失せているんだけど、でもまだ期待しているところも少しはある。新聞も捨てたもんじゃないと言いたいが、どうもそうおおっぴらには言えない世の中になった」

神谷は新聞を悪く言ったが、本気で思っているわけではないのだ。いわゆる批判精神の発露としてやりだまにあげることで、新聞そのものを浄化させているのだろう。いわばコップの中で砂嵐を起こしているようなもので、砂嵐はコップを砕きはしないし、コップから飛び出ることもない。

あいづちを打ち、儀礼程度の反論を試みたりしながら五年ぶりのあいさつを終えて店内を見回すと、いつのまにか満席になっていた。まだ一時間も経っていない。私はテーブルに出された焼き魚に箸をつけた。博多は魚がうまいと独り言のように言うと、神谷は首を大きく縦に振ったあと、博多のよさについて話し始めた。

神谷も私と同じように社会部畑が長かった。外見とは違って神経は細やかで礼儀もわきまえている。つまり、私とは対極の人物である。暴力団絡みの事件でいくつものスクープをものにしている敏腕記者でもある。

酒が効いてきたのか、神谷はさらに饒舌になった。最近の仕事について、自慢話を交えながら面白おかしく話してくれた。

私としては文子の死と相川達也の殺人で頭がいっぱいなので、神谷の自慢話はＢＧＭにしか聞こえなかった。しかし、ＢＧＭも不協和音が混じると、心地よさは一気になくなる。

神谷が話す一つの話題が私の好奇心を刺激した。私は身を乗り出し、さらに詳しく話してくれるよう頼んだ。

筑紫野丘陵開発をめぐって行政、業者、やくざが入り交じってどろどろの争いが始まっているという話だ。

「まるでバブル時代に逆戻りじゃないか。いまどきあり得ないだろう」

「その通り、昭和の動きそのものなんだ。日本を覆っている構造は全く変わっていないということだ。いまなお右肩上がりを金科玉条にしているだろ。まあ、資源のない日本という国は経済発展で息ができているから仕方ないが。右肩上がりが難しい情勢でも、公共事業重視でどうにか切り抜けられるという極めて古くさい考えが不思議と政権中枢には当たり前のこととしてあるしな」

「だから旧来型の開発もあり、というわけか」

「補助金を増やせば業者は群がるし、それが経済発展につながると勘違いするのもいまの政権の頭では仕方がない。そして、金の匂いがするところにはワルたちがからだを張る、それも常識の範囲内だ」

「開発事業は昭和の遺物ではなかったのか」

「ずっと続くさ、この日本では」

先を続けてくれと促すと、神谷は頷いた。

「やくざ同士の抗争が頻発しているし、裏を操るフィクサー同士の主導権争いも熾烈を極めている。知っての通り、福岡は朝鮮半島に近い。向こうからのクスリの密輸入、こちらからの盗難品の密輸出など話題にこと欠かないが、それを操るフィクサーの動きは表面化しないからな」

フィクサーのひと言に私は反応した。

「相川達也は絡んでいるのか？」

「もちろん」と言い、神谷は続けた。

「桐山と相川。この二大黒幕の関係が急激に悪化している」

「桐山豊水か！」私はうなり声をあげた。「あいつは田所の死に関与しているんだ」

「もちろん知ってるさ」と神谷が笑い、続けた。「桐山憎しはわかるが、相川にも興味があるようだな」

「大いにあるが、それより、いま桐山と相川の関係が悪化していると言ってたな、具体的に教えてくれ」

「ああ」と言って、神谷は話し始めた。「さっき朝鮮半島に近いと言ったよな。北朝鮮や韓国とのクスリやその他諸々の売買利権のことも。ちっぽけだと思うだろう？　やくざのシノギはそういったものが大半だから不思議でも何でもないが、黒幕が出張るにはやはり小さいんだ。理由は簡単、中国だ」

「ああ、そこまではわかる」

「昨今の総理大臣は中国嫌いでおありになるようだ。しかしこう言っちゃ失礼だが、もっと知的水準の高い人たちは中国を最重要国とみて水面下で動いている。こんなことおまえに言う必要もないが、二〇一〇年に中国の工業生産高はアメリカを抜いた。経済成長率はアメリカ二％、中国七％。中国がＧＤＰトップになるのはすぐだと言われている。政府はアメリカ従属姿勢を保って、やれ北朝鮮だ、南シナ海だと騒いでいるが、目端の利く人間はとっくにアメリカを捨てて中国に目を向けている。政治家で言えば民自党の長老、反官邸勢力、各省の次官候補と目される官僚や、業界トップ企業の社長候補の若手などが中心になって月に一回の勉強会を開いているそうだ。こちらでもそういった勉強会が中洲の料亭で開かれている。その席に桐山と相川も列席していた」

「……していた？」

「そうだ、以前はな。しかし三か月前の会合から桐山の姿が消えた」

「なぜ？」

「桐山が官邸側に寝返ったんだ。おまえの記事を握りつぶした郷原代議士と密なんだから、当然だろ？」

「じゃあ、なぜ最初のころ桐山が参加していたんだ?」

「反対勢力を取り込むのは政治の常道だからな」

「三か月前に消えたのは、会合のことをちくったからか」

「そうだ」

「桐山がちくらなくても、そんな目立つ勉強会なんだから、すぐに知れ渡るだろうに」

「それがそうでもないんだな。出席者はぶらさがり記者をまいて隠密行動をとっているんだ」

「それほど慎重に運営している極秘会合のことを、なぜおまえが知ってる?」

「吉良組の幹部に聞いた」

「吉良組も参加者なのか」私は大声を出していた。

「組が直接出てきたりはしないさ。出てくるのは息のかかった企業舎弟だ。表向きは企業経営者の。まあ、詳しく調べれば素性は見えてくるだろうが、いまのところ吉良組の名前は挙がってない」

本題に戻るために私は頷き、理解した旨の合図を送ってから神谷に訊いた。

「相川達也はどんな男だ?」

神谷はすぐに答えてくれた。

「真の愛国者だな。公平無私な男だ。古い言葉で言うと国士だな。その真逆なのが桐山豊水だ。総会屋、右翼団体主宰、政財官暴との関係が深いという点では同じだが、質が全く違う。桐山はいまの官邸と同じくアメリカの奴隷でよしとしている。まあ、機を見るに敏という得意技のたまものだろうけど」

「人間の器としては相川が上なんだな」

「まあ人それぞれ価値観が違うので比較は難しいが、周囲の声を総合すればそういうことになる」

「あれだけの大物だから、過去には危ない橋を渡ってきただろうし、恐喝や殺人といった違法行為も当然のことながらやってきているんだろう」

「朝飯前なんじゃないか、そんなことは」

私は言葉をつまらせた。ビールを喉に流し込む。神谷がさらに付け加えた。

「ただし、相川達也に関しては、正面突破が信条だから、こそこそした動きはしない」

「殺人はこそこそするものなんじゃないのか？」

「普通はな。でも相川が殺人を犯すとしたら、公言してから殺すだろうな」

時計の針はすでに十時を回っていた。そろそろ帰ると告げ、勘定を済まそうとしたら、「きょうはおれの奢りだ」と神谷は言った。

店を出たところでタクシーが来るのを待った。やってきたタクシーに乗り、私は神谷に軽く手を上げて乗り込んだ。

3

牧村書房の出版部長・田辺とのアポイントがとれた。最初は明らかに拒否反応を示していたが、柳原文子の友達だと言うと、田辺の態度は一変した。

約束の時間まで一時間ほどある。パソコンを立ち上げ、メールをチェックすると、思いがけないメールが入っていた。「番長制度」を知る大日向からのものだった。ずっと返信がなかったので半ばあきらめていた。だから期待してメールを開いたのだが、期待は裏切られた。

「番長日誌とか住所録とかを一括してこちらで保管してますが、他人様にお見せすることはできませんので悪しからずご了承下さい」

とメールには書かれてある。

つまり、頼み事に答えることはできないという。

頼み事というのは、柿本のエッセイに登場した三人の本名、住所、電話番号を知りたいというものだった。大昔のこととはいえ、個人情報に属することだ。拒否は当然だと思った。

しかし、返信が来たということは脈があると思い直す。私はさらに詳しく事情を説明したメールを送り返した。大日向の住所が書かれてあったので、いざとなれば直接訪ねようと決めた。メールを送信し終わったあと、すぐに社を出て、神保町の牧村書房に向かった。

牧村書房の田辺聡は六十代前半、白髪の紳士だった。押し出しのいい男で、名刺には常務取締役出版部長とある。入居しているビルの貧相さに似合わない極上のコーヒーが出た。

田辺が明らかに早く話を聞きたがっているのが目に見えていたので、じらすつもりだった。じらせば口を滑らせる可能性が高まる。

「柳原さんとはどういうご関係なのですか」と、田辺が訊いた。

「彼女が学生のころ知り合いまして、グループで飲み歩いていました。就職してからもしばらくつきあいはありましたが、徐々に疎遠になったのです。で、彼女が亡くなる数日前に偶然新宿で出会いましてね。居酒屋で昔話に花を咲かせました。そのときは婚約者の山崎さんも一緒でした」

正直に答えると田辺は驚き、

「亡くなったのですか？」

「病死です」

と答え、経緯をかいつまんで話して聞かせた。

「そうなんですか。残念です」

「で、彼女の生前の仕事ぶりを知りたくて、田辺さんに連絡差し上げたという次第です」

田辺は腕を組み、眉間に皺を寄せたが、すぐに顔を上げて話し始めた。

「大日新聞の社員の方だからというわけではありませんが、信頼できる方だと感じますのでざっくばらんに申し上げます。柳原さんから売り込みがあったんです。面白いネタを持っているのでと。どうして私どもの社を選ばれたのかは聞いていませんが、話を聞いてみると、なかなか興味深いネタでしてね。本にしましょうと言ったのです。最初はネタだけの提供ということでしたが、不明瞭な点が多々ありましたので、取材と執筆も依頼したんです」

「どんなネタなんです？」

「話すと長くなりますのでいろいろ端折《はしょ》ってお話ししますと、もう四半世紀ほど前のことになりますが、私どもはあるカメラマンに仕事を頼んでいたんです。サハラ砂漠のほぼ中央にフランスの元核実験場がありましてね、そこのルポルタージュを依頼していたんです。ところが、アルジェリアから電話が入ったあと、ぱたっと連絡が途絶えました。柳原さんはそのカメラマンの名前を出して、彼が消息を絶ったのにはいろいろな裏があるということでした」

「どういう裏ですか？」

「それを探っていたわけですが、殺人が絡んでいるということでした。柳原さんから、ほぼ全容を解明したという電話があったので、こちらは原稿アップのスケジュール等を打ち合わせしたんですが、それきり彼女から連絡が途絶えましてね」

「原稿を依頼されて、全容解明の連絡があったあとに柳原さんは死んだことになりますね。ところで、そのカメラマンを殺したのは相川達也でよろしいんですよね」

「はい、そう聞いております」

「柳原さんの死に関して相川達也が関係していると思われますか」

「そういったことは私どもでは何とも言えません」

「すみませんが、もう少し経過を教えてもらえませんか。相川犯人説の裏づけをとるために柳原さんは調べていた、その過程でどんなことがあったんでしょう」

「残念ながらお話しできることはほとんどありません」

「と言いますと？」

「とにかく彼女はあまり連絡をしてこない人でして、まあ、ああいった仕事をするのは初めてだったようですから仕方ないですね。結果がすべて、つまり原稿を仕上げて渡せば仕事は終了と思ってらっしゃったようです」

本当に経過を聞いていないようだった。文子は物事に没頭するタイプだから、経過報告が億劫だったのだろう。

「そのカメラマンの名前を教えていただけますか」

「山田健一です。うちの専属というわけではないんです。フリーで活動していたカメラマンで、いやカメラマンというより旅人と言った方が正確かもしれません」

「ライカ」の名前が判明した。

「自宅はわかりませんか」

「住所不定だったんです。友達のアパートを転々としていました」

ガンジャ、株屋について尋ねてみた。聞いたことないですね、と田辺は答えた。

「柿本浩二郎という名前は柳原さんから聞きましたか」

「もちろんです。柿本さんの書いたものにヒントを得たそうなので」

柿本のエッセイが元ネタなのは間違いないようだ。その元ネタから相川殺人者説を頭に描き、「番長制度」から大日向を知り、サハラ砂漠に行った人間たちに当たっていった。「人間たち」と言っても、ライカ（山田健一）、株屋（相川達也）、それに柿本のことはわかっているのだから残るはガンジャだけだ。

文子はガンジャを探り当て、証拠を固めていったのだろう。

私にガンジャを知る手立てはあるだろうか？　相川達也が話すはずもない。だとすると、大日向に再度当たるしかない。

田辺に聞くことはすでにない。礼を言って立ち上がったとき、ふと思いつき、田辺に訊いた。

「すみません、妙なことをお聞きしますが」

「何でしょう」

「柳原さんの必要経費はどのように処理されていたのですか」

「原稿料は未払いです。前払いもしていません」

「いえ、取材に使った費用のことですが」

「ほとんどありませんよ。交通費くらいでしょうか」

「請求書は残っていますか」

田辺は怪訝な表情を浮かべ、部屋を出ていった。

数分後に戻ってきた田辺は一冊のバインダーを私に手渡した。新幹線と全日空の請求書が挟んである。

羽田空港—福岡空港
博多駅—柳井駅
東京駅—柳井駅
上野駅—郡山駅

意外に大きな収穫を得たので、私のこころは弾んだ。これを手がかりに考えてみよう。田辺に礼を言って腰を上げたがすぐにソファに座り直した。大事なことを訊き忘れていた。

「柳原さんが身の危険を感じている様子はありましたか」

田辺はすぐに否定したあと、「しばらく連絡がありませんでしたので、心配はしていましたが」

「どのくらい連絡がなかったのですか」

「今年に入ってからは音信不通です」

文子が殺されたのは五月四日だ。丸々四か月も連絡をしなかったことになる。仕事の発注先とのまともな対応とは言いがたい。そのことを田辺に尋ねると、

「昨年末の段階で、相川達也の件は決着がついたと言ってました。だからもうすぐ原稿が上がってくるなと期待していたんですが、それ以降音沙汰なしです」

「でも、今年の日付の新幹線と飛行機の請求書がありますが」

「それは郵送されてきたんです。取材費は払うという約束でしたので。まとめて請求してきたんだと思いますよ。その分は振り込みました」

請求書の日付はほとんどが昨年のものだが、一つだけ今年のがあった。三月二十八日の『東京駅―柳井駅』だ。文子が亡くなる一か月ほど前だ。

文子の行動を時系列で整理してみようとしたが、何の手がかりもないことに気づいた。日記は、二月三日に木内に連絡を入れたあたりから記載頻度が少なくなっている。交通費の請求書にあった日付のあたりも、日記には何も書かれていない。田辺の発言でも、今年に入ってから連絡がないという。

その時期、日記を書く余裕がなかったのは、どこかから圧力をかけられていたからなのか。圧力の張本人は相川達也なのか。可能性として、頭の隅にメモした。

相川への疑念がさらに大きくなっていった――。

第三章　相川達也の秘密

1

相川達也には一度会ったことがある。政財界のパーティでのことだ。主宰者が誰かは失念した。相川は椅子に深々と腰かけ、泰然と構えていた。周囲の人間たちとは格段に違う存在感があった。私は相川に近づき、名刺を出してあいさつをした。

相川は名刺をちらりと見たあと、じっと私を見つめた。射るような眼差しを受け、こころの中を探られるような気がしたが、こちらには何の邪悪な意図もない。私も相川を見つめ続けた。数秒後に相川が口を開いた。

「きみは私を取材する度胸はあるか?」

甲高い声と鈍色《にびいろ》の虹彩《こうさい》が迫ってきて、後ずさりしそうになったがどうにか持ちこたえ、「ありますす」と答えると、再び私を見つめたあと、「いつでも来なさい」と言った。

あれから五年は経っているが、「いつでも」の約束はまだ生きている。

智彦に頼んでいた件はうまくいかなかった。相川達也の姪っ子である夏実に橋渡しを頼んでいたのだ。相川達也とはいま疎遠になっているという。それなら正面突破するしかない。

収納箱から相川達也の名刺を探し出した。

電話はすぐにつながったが、相川達也は留守だという。受話器の向こうで素っ気ない態度に終始する男に帰宅予定を訊いたが、知らないの一点張りだ。

「スケジュール管理もできない能なし秘書を雇っているのか、相川さんは」

と刺激を与えると、連絡がとれ次第伝えますと、男はわずかだけ素直になった。こちらの携帯番号を言い、電話を切った。先方からかかってくることはまずない。名刺には書かれていないが、調べておいた別荘に直接行ってみることにした。いまかけた電話の市街局番は〇四六五。相川の別宅がある熱海の局番だ。

断崖の縁に相川の別荘はあった。

ロッジ風の二階建てだが、三階部分にグルニエというには大きすぎる部屋が備えてある。窓が大きく、しかも四方にとってある。温泉を引いた浴場でもあるのだろうか。海側を望めば初島の緑、そして遠くに三浦半島がかすんで見える。目を転じると、富士山のなだらかな裾野が優美な景観をたたえている。

家の周りを一周してみた。別荘のために開発された地区であることは明らかだ。マロニエに似た高木のあいだに点々とロッジが建っている。いずれも山小屋風のこぢんまりとしたもので、その素朴さが周囲の環境に溶け込んでいる。

だから相川所有の別荘が周囲に放つ威圧感が一層目立つのだ。高いブロック塀、上部に張り巡らされた鉄条網。それらは古い戦争映画に出てくる要塞を思い起こさせた。

一周し終わって再び相川邸の門前に立ったとき、どこからか木がはぜる音が聞こえてきた。とともに何かを燃やす匂いが漂ってくる。焚き火でもやっているのか。

私は相川の別荘を離れ、音と匂いに誘われるように歩き始めた。

そのとき、突然呼び止められて振り返った。黒い背広を着た背の高い男が立っていた。

「マスコミの方ですか」

もの言いは丁寧だが、からだと目から危うい光を発している。

そうだと答え、無駄だとは思ったが、「相川さんにお会いしたいのですが」と言ってみた。

「アポイントはおありですか?」

「いえ」

男は表情を変えず、「アポイントがなければお会いするのは無理です」

「ご在宅なのか、不在なのか、どうなんです?」

「留守にしております」

私は頷き、その場を離れた。近くの住人に話を聞けばわずかでも情報は入るだろう。手ぶらでは帰らない主義なのだ。

道路を挟んだところにある洋館に向かう。インターホンを押し、出てきた女性に用件を述べた。

「相川さんは存じ上げません」

「はす向かいのお家にお住まいの方なんですが」

「ああ、見かけたことはありますが、面識はございません。お役に立てなくて申し訳ありません」

少し歩いたところにある和風の家でも同じことを尋ねた。そこの住人は相川など知らないととり合ってくれなかった。しばらく歩くと、さっきの焚き火の音がさらに大きく聞こえてきた。通りから庭をのぞくと、老人と子供二人が枯れ木らしきものを火の中にくべている光景が目に入った。子供は男の子と女の子、いずれも五、六歳である。

すみません、と声をかけると、女の子が走ってきた。

「おじいちゃんとお話ししたいんだけど」

と言うと、女の子はまた駆け足で戻り、老人を連れてきた。用件を話すと、老人は腕時計を見てから顔を上げ、笑顔を見せた。

「あと一時間もすれば、お会いできますよ」

午後三時が相川の散歩タイムらしい。家屋の表札を見ると、「三島十三」と書かれてある。文子の日記にあった「三島」という名前を思い出した。日記に詳しい説明はなかったので、日記の三島が目の前の老人だと断定はできない。

「一つ教えていただけますか」

「はい、何でしょう?」

「相川達也さんとは親しくされていらっしゃるのですか」

「単なる散歩仲間です」

「つかぬことをお訊きしますが、柳原文子という女性をご存じないでしょうか」

「知っておりますよ」

と笑顔で答えたあと、顔を曇らせた。文子が亡くなったことを知っているようだ。

「あなたは?」と訊かれたので、名刺を渡した。

三島は名刺をしばらく眺め、ふむ、と小さな声を出したあと続けた。

「柳原さんは相川さんから紹介されました。スキューバーがお得意ということでしたので、水遊びのお友達になってもらいました。確か翻訳をされていましたよね」

「そのようです」

「うちに寄られませんか?」

「……?」

「まだ一時間あります。それまで私がお相手いたしましょう。年寄は常に茶飲み友達を探しているんですよ」

眉の太い老人の顔を見つめて、私は頷いた。

居間に通された。落ち着いた雰囲気の二十畳ほどの部屋だ。窓が大きく採光がよい。見晴らしもよく、木々の緑の向こうに相模湾が見通せる。相川の別荘が左手に見えた。

内装はアイボリーを基調に統一されている。シャンデリアも華美でなく、古色蒼然としたペチカが室内の雰囲気を引き締めている。壁にはアブストラクトの木版画が三点と、闘牛のポスターが掛けられていた。

お手伝いさんがコーヒーをテーブルに置いて部屋を出ていった。入れ替わりに先ほどの子供たちが入ってきた。

「昨日から孫たちが来てましてな。この歳になるとなによりも孫と遊ぶのが唯一の楽しみでして」

三島は七十三歳だという。肌の色艶は若々しい。さっき「水遊び」と言っていたのでマリンスポーツが趣味なのだろう。姿勢のよさと肩の筋肉の盛り上がりが目を引く。そのあたりを尋ねると、

「ヨットをやっています。ここに住まいを移したのもそのためと言っていいかもしれないですね。家内が生きているうちはここへの転居に反対されていましたのであきらめていたんですが、一年前に亡くなりましてね。そうなると悲しみやら何やらで環境を変えたくなったというわけです」

「いいご趣味ですね」

「まあ、ゆっくりお話ししましょう」

と言い、三島は相川達也について話し始めた。

「相川さんは知る人ぞ知るお方のようですね。初めて言葉を交わしたのは、私がここに越してきてすぐでしたよ。最初の二、三日は息子一家が一緒でした。そのとき、転居のあいさつにうかがったのですが、お手伝いさんがいらしただけで本人はご不在。翌日、孫たちと散歩しているときにお見かけはしたのですが、お互い会釈するだけでした。

小柄な方で、目がお悪いのかちょっと色のついた眼鏡をかけておられます。顔色もすぐれないので、どこかご病気なのかとも思いましたけれど、おつきあいが始まってから、とても頑強なおからだをされていることを知って驚いたものです。

このように相川さんには驚かされてばかりなのですよ。私がヨットを趣味としているとお知りになると、早速教えて欲しいとおっしゃられて、私はそんな方にはめっぽう愛想をふりまきたくなる方なので、翌日マリーナにお連れしたわけです。

私の前で仕事のことは一切話されません。私の方からも相川さんのお仕事について口にしたこともありません。ですから単なる散歩仲間とお答えしたわけです。コンサルタントをやっておられるということだけはうかがっておりますが。

とても人脈の広い方ですな。ヨット関係者や、それを牛耳っている政治家の名前などをよくご存じです。人脈は国内だけではなく、海外からのお客様も多いですな。何度かヨットにお誘いしました。スペイン人が多かったですね。もっとも、私にはスイス人なのかスペイン人なのかドイツ人なのか区別はつきませんが。あのポスターは相川さんからもらったものですよ」

そう言って三島は後ろを振り向き、闘牛士が牛に剣を突き刺している絵柄のポスターを指差した。

「闘牛がお好きなのでしょうか」

「好きのレベルを通り越してますね。相川さんは自分の気に入ったものを人にプレゼントするのがご趣味でね。このポスターを私に渡したときの相川さんは子供のような表情をされていましたな」

「誰にでもというわけではないでしょう？」

「もちろんそうです。こころを許した者だけなんじゃないでしょうかねえ。私なんか、そのお仲間の一人に入れてもらっているわけですから幸せ者ですよ」

「確かスペインに住んでらっしゃったのでしたね」

「そのようです。スペイン語はとてもお上手です」

「いつごろかお聞きになっていますか」

「お若いころとしか」

「ご家族にはお会いになられますか」

「いえありません。お会いするのはいつも奥様以外の女性です」

と三島はそのときだけ、笑い声をあげた。

「和服美人がお好みのようです。私が知っているだけで三人いらっしゃいます。本命はもちろん品川さんです、ご存じですよね？　品川桃子さん」

「女優のですか？」

「ええ、そうです。最近は映画の仕事は控えられてますが」

興行と裏世界とのつながりを考えれば、右翼の大物が有名女優を愛人にすることも不思議ではない。

「まあ、本命という言い方も変ですが、相川さんの品川さんに対する接し方はやはり他の女性とは明らかに違っていますからね。相川さんの名誉のために言っておきますが、奥様のことも大事にされていますよ。相川さんの本妻さんは目黒の本宅にお住まいです。息子さんと娘さんが一人ずついて、お二人とも独立してらっしゃいます」

マスコミに話さないことを三島には話している。私はここにやってきてよかったと胸の中で満足感がふくらむのを感じ始めていた。

右翼の大物はそう簡単に人を信用しないはずなのに、三島には気を許した理由がわかる。下がった目尻や穏やかな話し方は育ちのよさを感じさせるし、なによりも相手に敵対心を少しも起こさせない人柄のよさが漂っている。三島だからこそ、相川もふと自分の過去を話す気になったのだろう。

そう思う一方で、初対面である私に他人の個人情報を流す三島という老人に、わずかながら不信感を抱きもする。

私は気になっていたことを訊いた。

「柳原文子さんと相川さんは頻繁にヨットをご一緒されていたのですか」

「そうでもないですよ。一シーズンに二、三度ってところでしょうか。利発で美人で、人のことを思いやる素敵な女性でしたので、私も文子さんが来られるときは年甲斐もなく浮き浮きしたものです」

私はさらに話を訊こうと、不躾な質問をした。

「相川さんと文子さんはいわゆる愛人関係だったのですか」

「とんでもない」と三島の声が大きくなった。「私の知る限りではあり得ませんね」

「では、先ほど言われた相川さんの愛人三人の中に、柳原さんは入っていないということですか」

「入っていません」

真偽を問い詰めても正解は出てこないと思い、私はそれ以上尋ねることはしなかった。三島が腕時計を見た。

「そろそろですよ」

「長居しました」

ソファから立ち上がり玄関に向かう。靴を履いて礼を言うと、

「そこまで一緒に参りましょう。気むずかし屋のじいさんだから、私がご紹介した方がなにかとスムーズにいくと思います。いまお話ししていて、あなたのことが気に入りましたからね」

通りに出ると、先ほど見た屋敷の門を出てくる作務衣《さむえ》を着た男が目に入った。

2

目の前に立った相川達也は、じっと私を見つめた。

五年前とは風貌が変わっている。少なくとも私にはそう見えた。

赤ら顔だが目鼻立ちがはっきりしている。かなり白髪が混じっているが、年齢の割には皺が少なく、シミや黒子《ほくろ》もない艶やかな肌をしている。一見すると歌舞伎役者でもつとまるような端正な顔立ちなのだが、威圧感を感じるのはなぜだ?

灰色がかった瞳の奥には得体の知れないものが隠されているのか。それが悪であれ善であれ、正体がわかっていれば恐れることはない。わからないから不安になり、同時に恐怖感が襲ってくるのだ。

相川は鋼のようなからだをしていた。それは作務衣の内側にあるはずなのに、まるで裸でいるかのようにパワーを放っている。顎の大きさが目立つ。どんなに硬いものでも嚙みちぎることができそうだ。社会の裏側という硬質な石を嚙み砕いてきた男の顎はこういうものなのかもしれない。

にらまれていた時間は二秒ほどに過ぎない。相川はすぐに相好を崩した。目の縁に皺が刻まれた。

「谷島さんが三島さんのお知り合いだとは存じませんでした」

相川が三島に言った。三島はそれに答えて、

「いえ、きょう初めてお会いしましてね。なかなかの方なので相川さんにご紹介をと思っていたのですが、なんだ、お二人こそお知り合いだったのですか」

と言い、相川と私の顔を交互に見る。

驚いたのは私の方だった。相川が私の名前を覚えていたとは！　一度きりしか会っておらず、それも一分ほどの短い時間だったのに。

三島が「では、私はここで失礼します」と言い、その場を立ち去った。

相川は三島の後ろ姿をしばらく見ていた。そして三島を見つめたまま、

「散歩の時間だが、せっかくおいでいただいたので拙宅でお話ししましょう」

と言い、先に歩きだした。


門から玄関まで続く砂利道は人が二人通れるほどの幅しかない。道の左右には芝生が敷き詰められていて、その芝はきれいに刈り込んである。玄関にたどり着いたとき、隠れていた太陽が雲の切れ目から顔を出した。

相川は玄関の引き戸をあけて中に入ると雪駄を揃えて上がった。そのまままっすぐに伸びた廊

下を歩いていく。遅れないように私もあとに続いた。

右手に階段が見える。そこを上がれば、先ほど外から見えた浴室展望台に行き当たるのだろうか。そう期待したのだが、三島は階段を上らずに直進する。奥には部屋があり、ドアが開いていた。窓越しに海が見える。

この家屋を外から見たときの第一印象はよくなかった。趣味の悪さを感じたのだ。しかし、それは外見だけだったようだ。中に入ってみると、古風なつくりで好感が持てた。装飾を一切省いたところがよい。

真正面の部屋に入ると、そこも質素なつくりだった。華美なシャンデリアがあるわけでもなく、ホームバーがあるわけでもない。白木の家具、壁にはビュッフェの絵画、その横には大画面のテレビ。それだけが唯一豪華さを誇っていたが、それとて部屋の質素な空気に溶け込んでいた。

促されるままにソファに座る。二人とも黙っていた。腹の探り合いではない。私はときおり部屋の隅々まで観察していたし、相川はおそらく私を観察していたのだろう。しばらくするとドアがあいた。

目鼻立ちのはっきりした女性は、先ほど三島から聞いた品川桃子だった。

品川桃子は一世を風靡した銀幕女優である。子役時代から人気があり、成人してからは演技力に磨きがかかり、いまでは大物女優として名高い。もっともテレビ出演は控えめだし、映画の方も最近は出演本数を絞っているようであまり見かけない。

品川はコーヒーカップをテーブルに置き、「どうぞごゆっくり」と言って去ろうとしたが、相川が、

「きみも同席しなさい」

と引き留めた。品川は相川の横に座り、二人の目が私に注がれる。相川がゆっくりと話し始めた。

「あなたのことはよく覚えているよ。最近は勉強だけはできるが肝の据わっていない新聞記者が多いが、あなたは違うなと思った記憶があります」

光栄ですと答えた。

「早速だが、ご用件は？　いや、とくにないのなら雑談だけでもけっこうだが」

「柳原文子さんの件です」

「あ、なるほど。新聞には妙なことが書かれてあったが、病死だそうだね。とても残念です」

「本当に病死なのか、私はいまだに信じることができません。事件性があるのかと問われれば、何の根拠も示せないのですが。それで、相川先生にヒントをいただけないかと願っております」

「私が文子さんと知り合いというのは誰に聞いたのかね」

「先ほど三島さんから聞きましたが、それ以前に存じておりました。柳原さんの葬儀の際、先生の供花を見つけました。それと……」

「それと？」

「はい。彼女の日記に先生の名前が書かれてありました」

相川の表情がかすかに揺れた。

「先生は柳原さんとかなり深いつきあいをなされていたのではないですか。日記にはそのような記述もありましたが」

相川が黙る。代わりに横にいる品川桃子が口を出した。

「やはりそうだったのね。まあ、この人はそういう人だから、いまさら何があっても私は気にしませんが」

「品川さんがご心配されるようなことは書かれていません」

「でも、その日記には文子さんと相川との深い関係が書かれてあったのでしょう?」

「いいえ、何度か会われたという記述だけです……人間関係の密度という意味です」

「安心しました」品川は微笑んだ。

「ところで、文子さんの日記を読んだ、そういうあなたと彼女のご関係は?」

「学生時代からのつきあいです。親友と三人で飲み歩いていました。その親友もいま行方不明なんです」

私は続けた。

「私は親友を殺人者扱いしたんです。その男が彼女を殺したのだと思って問い詰めたんです。彼は翌日、消息を絶ちました」

「文子さんの弔い合戦、お友達との友情、いいお話ですね。相川がお役に立てればいいのですが」

品川が言うと、相川が無表情のまま口を開いた。

「私に聞きたいことは何だね？　できる範囲でお答えしよう」

「彼女の存命中に、彼女自身と彼女の周囲で不審なことを見聞きされたことはございませんか。恐怖を感じていたとか、そういった類ですが。実際、日記にはそのようなことが書かれてあるんです」

相川はしばらく考えてから、

「私の知る限りでは、彼女が人から恨みを買っていたなどということはなかった。もちろん、ただの知り合いだったから本当のところはわからないけれどね」

「ある事件を追っていたようなんです。遠い昔に起こった殺人事件です」

相川の表情の変化を見落とさないように凝視したのだが、眉一つ動かなかった。

「彼女は一途なところがあった。何事も真正面から取り組む人だったからわからないでもない」

他人事のようなもの言いに違和感を覚えた。

「サハラ砂漠で男が殺されたそうです」

「砂漠だと遺体も見つからないだろうね。不謹慎だが犯人は着想がいい」

「先生はサハラ砂漠に行かれたことはおありですか」

「いや、ないよ。行ってみたいと思ったことはあるが、マドリッドからモロッコに移動するのが億劫になってやめたよ」

「マドリッドと言えば、番長制度というのがあったと聞いていますがご存じですか」

「ああ知ってる。若いころ世界各国を歩き回ったのでね。マドリッドに行ったとき噂で聞いたことがある」

「先生は柿本浩二郎とはどういうご関係なのですか」

質問をした瞬間、室内の空気が変わった。

相川達也が横に座っている品川桃子をちらりと見た。顔を動かさず、目の動きも一瞬だったので、品川はおそらく気づいていない。にもかかわらず、品川の表情も同時に変わっていた。コンマ二秒ほど顔が引きつり、そのあとすぐに能面のようになり、最後は艶然とした笑みに戻った。

本人は誰にも気づかれていないと思っているのだろうが、真正面にいて、二人の表情の変化をじっと見ていた私にはスローモーションのようだった。笑顔に戻った品川は、

「あら、コーヒーのお代わりいかがかしら」

と言い、ソファから腰を上げた。

私は台所に向かう品川のほっそりした足首、肉が張り詰めた腰、そしてブラウス越しに見えるブラジャーの線を見つめながら、品川の表情の変化の意味について考えた。しかし、納得のいく答えは見つからなかった。

相川の声が聞こえてきた。

「きみ、話題が飛びすぎていないかね」

品川に気をとられていたので、独特の甲高い声に私は驚き、あわてて品川から視線をはずした。先ほどまでの空気の変化は私の頭の中にいくつかの疑問を宿らせた。

「職業柄です。すみません」

と謝ると、相川は頷いて表情を緩めた。

「柿本教授はテレビによく出ておられたので存じあげているし、一度旧知の人間に頼まれて、柿本教授の出版記念パーティに行ったことはあるが、深いつきあいはないよ」

「柿本の本の翻訳を柳原文子に依頼されたのはどういう理由からなのですか」

この質問はさらに相川を驚かせたようだった。

相川の視線が再び揺れた。品川はコーヒーを淹れに席を立ったまま、まだ戻ってきていない。

「たまたま見つけたフランス語のものを翻訳してもらったのだよ」

と答えたものの、回答にはなっていなかった。それまでの相川とは別人のような歯切れの悪さだ。

その理由が品川桃子にあるのだということは容易に推測できた。柿本の件に品川はどのようにかかわりを持っているのだろうか……。

サハラに行ったことがない、と嘘をついた相川だけでなく、品川も充分怪しい存在だ。

相川が大嘘つきということがわかったことだけが収穫で、逆に柿本浩二郎に関連した疑惑が新たに芽生え、今回の相川訪問は終わった。

柿本の自殺については、当時から他殺説が流布していたことは知っている。それに相川と品川がかかわっているのか。柿本の件を追うつもりはないが、親友だっただけに気になった。

相川によるサハラでの殺人事件を、どう究明していけばいいのか。平然と嘘をつく相川が、初対面に近い人間に「私が殺しました」などと言うはずもないことは当然だとしても、表情には出るはずだ。なのに相川の顔色は変わらず、目の動き一つなかった。厳しい世界を生き抜いた大物右翼の技なのだろうが、それにしては柿本の話題のときに見せた狼狽ぶりは何だったのか。相川に違った側面があることを教えてくれた。

「近くまでお送りしよう」

玄関先に相川が出てきた。外はまだ明るい。辞退すると、「時間遅れの散歩も兼ねて」と言う。品川の艶然とした笑みに頭を下げて礼を言い、外に出た。

山を下る。絶壁から見下ろす海は陽の光を浴びて輝いている。並んで歩き始めるとすぐに相川が口を開いた。

「品川桃子は浮気性なんだよ」

唐突に妙なことを言いだした相川は、前を向いたまま続けた。

「映画界にいたのだし、あれだけの器量だから言い寄ってくる男はごまんといる。私と暮らし始めてからも、わかっているだけでも五人の男と関係している」

「品川さんを自由にさせてあげられるのは相川先生ぐらいなのでしょう」

「それは買いかぶりだ。私とて人間だからね、腹が立つこともあるんだよ。あいつとのつきあいは四半世紀ほどになるが、つい最近まで終生の伴侶にするつもりなどなかった」

「それがどうして、いまそうなっているんです？」

「浮気性を上回る美点が数多くあることに気づいたんだよ」

「例えば、どのような？」

「そうだな、一つ美点をあげるとすれば、演技ができるところだね」

「女優さんですからね」

「もっと大きな演技なんだよ。銀幕での演技は音や色が混じり合ってこそのものだが、生身の人間としての演技力も大したものなんだよ」

黙っていると、私が興味を持ったとでも勘違いしたのか相川はさらに冗舌になった。

「いま私はある政治家に深くかかわっているのだが、ご存じの通り政治の世界は魑魅魍魎、どこからが真実で、どこまでが嘘なのか、境界線がときどき見えなくなる。そんなときに品川を同席させると、相手が境界線を明らかにしてくれるんだよ」

「なんとなくですが、わかる気がします」

「品川と政治家の会話を聞いていると、嘘と嘘のぶつかり合いがとても面白いんだ。話の内容そのものは知的でもないし、深い考えに基づいたものではないんだがね。それでも、駆け引きや表に出ない葛藤などがあって、品川は私に伝わるように演技してくれるんだよ。実にわかりやすいし、そういった会話を聞いていると歳を取らないね」

私は口を挟まなかった。

「その政治家とは、品川のおかげで腹を割って話せる仲になることができた。私には夢があってね、それを実現するためにはその政治家の力が必要なんだよ。そういう意味で言えば、品川は私の人生の伴走者と言えるのかもしれない。長いつきあいなのに、そのことに気づいたのはつい最近のことだ」

のろけなのか自慢話なのか判然としない。相川の「夢」について具体的に知りたい気持ちもあったが、何か釈然としないものを感じた私は、そのまま黙っていた。相川は私の感情など興味がない風で、再び口を開いた。

「もう一つだけ話しておこう……」

そこまで言ったあと、相川は突然口を閉じた。私はしばらく待ったが口は閉ざされたままだ。後ろから足音が聞こえてきた。振り返ると中年の男女がやってくる。崩れた感じの女と堅気には見えない男のカップルだった。

二人が通り過ぎた。

相川が小さな声で言った。

「いや、実に楽しかった。きみとは近いうちにまた会うことになると思う。話すべきことを何も話していないのでね」

「文子さんのことですか」

訊くと、相川はそれには答えずに踵を返した。前を行く中年カップルが振り返って私を見ている。相川の姿はすでに小さくなっていた。

駅に着いた。時刻表を見ると、あと十分ほどで東京行きが到着する。切符を買い、ホームに上がり、ベンチに座って社に電話を入れた。アルバイト女性が出た。直帰する旨伝え、私宛の電話の有無を問うと、いえありません、と答えたあと、「無言電話ならありましたよ。十回も」と言った。

列車の中で相川の言葉を反芻し、その意味について考えてみたが、嘘つきの相川のことだ、単につまらない演技で目くらましをしたのだろうと思い直す。サハラでの殺人の話に表情一つ変えなかった男から出てくる言葉など信用に値しない。

東京駅から中央線に乗り、自宅がある阿佐ケ谷で降りた。

家が近づくにつれて胸騒ぎがしてきた。玄関の鍵を回すと、空回りした。中に入り、上がり框には上がらず、蛍光灯のスイッチを入れる。明かりが点いた。廊下はひっそりとしている。靴を脱ぎ、スリッパを履いてリビングに進んだ。ドアを開けて壁のスイッチを押した。蛍光灯が照らし出した部屋の光景を見て息を呑んだ。

書棚が倒れ、本はすべて床に散らばっている。引き裂かれた本の間で窮屈そうに柱時計が無残な姿で転がっている。時計の扉は破壊され、ガラスは飛び散り、文字盤ははずされて内部がむき出しになっている。ソファは表面が切り裂かれ、クッションが四方八方に散らばっている。ダイニングはもっとひどかった。食器類はすべて床にばらまかれ、ほとんど使い物にならないほど割れていた。

そのときようやく、驚きが消え、恐怖が襲ってきた。身構えた。まだ賊が潜んでいる可能性がある。備えつけの木刀を持ち、忍び足で点検していった。トイレ、風呂場、書斎、寝室。賊はすでに仕事を終えて帰ったようだ。切り裂かれてスプリングが飛び出したベッドにへたりこみ、ため息をついた。

金庫は簡易なものなので、おそらくハンマーで簡単に壊せたのだろう。預金通帳も印鑑、現金もなくなっていた。

泥棒に入られるとは思いもしなかった。毎日の生活で精一杯のサラリーマンの財産を狙うなど、許される行為ではない。すぐに銀行に連絡を入れた。被害は小幅にとどまるだろうが、現金は戻ってこない。

私は考えた。目的は金ではない。一つは、探し物だ。文子の遺品を持ち歩いていてよかったと思った。

もう一つは、脅しだ。相川達也とその周辺にいる吉良組が脳裏に浮かぶ。

脚立を出して、天井にカッターで切れ目を入れて天井板をはずした。ぽっかりと空いた暗闇に文子の遺品を収めた。智彦がやった方法をまねたのだ。これで安全というわけではないが、しばらくは大丈夫だろう。文子の遺品が犯人の狙いなら、今度は私自身を襲ってくる。命の代わりに遺品を差し出す不義理はしたくない。

家族が旅行に出ていたのは不幸中の幸いだった。すぐに女房の携帯に電話を入れ、しばらく実家にいてくれと頼んだ。察しのいい妻は、「一日に一度は電話を入れてね。忙しかったら着信残すだけでいいから」と言った。

3

立ち上がり窓辺に向かった。カーテンをあけて外を見る。闇が広がっているだけだった。この時間、通りを歩く者はいない。奥まった住宅地なので駅前のきらびやかなネオンサインも見えないし、騒音も聞こえない。雨が降り始めた。道路が徐々に湿りを帯びていく。明かりを点けたまま家を出て、周囲に目を配りながら中杉通りまで出てタクシーを拾った。しばらく杵に泊まるしかない。相川のやり方がわかったのはむしろ好都合だった、と強がりを言ってみる。対抗手段は逃げることではなく攻めだ。

大日向に会わなければならないと思った。相川達也がサハラ砂漠で殺人を犯したのは事実なのだ。そうであれば、文子を死に至らしめた可能性を探らねばならない。大日向の返信メールには、末尾に住所、氏名、電話番号が書かれてある。

翌日の昼前、電話を入れるとすぐにつながった。名乗ると意外な反応があった。

「ああ、あのメールの人やねんな。えっと、番長日誌を見たいんでっか」

「いまご自宅の近くに来ているのですが」

拒否されると思ったが、意外にも、

「それは都合よろしな。ちょっと部屋、片づけますんで、三十分後にドアホン鳴らしてくれますか」

関西弁のおっとりした口調の男だった。

市ケ谷駅から五分ほどのマンションにある大日向の事務所のドアホンを押したのは、言われた通り三十分後だった。

体重百キロほどはありそうな大男だった。身長はさほどないので横幅ばかりが目立つ。しかも肩幅が極端に狭いので、例えて言えば、マヨネーズの容器のような体型だった。からだが大きい分、顔が小さく見え、あまり賢そうに見えない顔には薄い口ひげがついていた。

「あんたはんも奇特なお方やな、なんで番長制度に興味あるん?」

理由についてはすでにメールで知らせてあった。忘れているのかと思い、もう一度説明しよう

としたとき、

「あ、そやそや、何やら事件に関係するとかやったな、何やらおもろそうや。まあコーヒーでも飲んでや」

出されたコーヒーは、散らかり放題の事務所からは想像できないほど美味なものだった。すぐに日誌と住所録を見せてくれなどととと言えば、寝た子を起こしかねない。まずは相手に気持ちよく話をさせようと思った。番長制度のことなら、必ず饒舌になるはずだ。私が番長制度について興味があることも事実である。話を聞いて損はない。それが突破口になればと思った。

思った通り、大日向は大きなからだを揺らしながら喜々として話し始めた。

「マドリッドの番長制度は旅行者のための情報室みたいな役割を担っていたんや。誰がつくったのかは知らんけど、自然発生的にできたと考えてもおかしゅうないな。とにかくバックパッカーは情報が必要やったから、ありがたい存在やった。

針金細工や皿洗いで金を稼いだり、女と遊んだり、アフリカに行きたかったりと、それぞれ事情はあるんやけど、情報がないことには何もでけへんからな。情報収集の場所として機能しとったんがマドリッドのユースホステルの番長室やったんや。海外の都市には、管理人とか番長とかゆう世話役みたいなんがぎょうさんいるねんけど、マドリッドの番長制度はひと味違う存在やったんや」

大日向は続けた。

「マドリッドのユースホステルは地下鉄のエルラーゴ駅から歩いて十分ぐらいのところにあるカサ・デ・カンポという公園の中にあってな。公園といっても日本のようにブランコとか滑り台の類はあらへん。樹木が密生するだだっ広い所や。ユースホステル自体も他のところより広かったな。軍隊の宿舎跡に建てられたものやそうや。正面が事務所と食堂、右奥に宿泊棟があって、入口付近はたいてい日本人がたむろしとった。初めて訪れる者はそこで安堵するんやな。部屋はたくさんあったで。大きさはそれぞれ違《ちご》うとったけど、だいたい十二、三のベッドが置いてあった」

「その中の一室が番長室というわけですね？」

「そや。番長室の正面奥には日の丸の旗が飾ってあってな。日の丸と聞けば右翼の象徴のようやが、彼らは右も左もなかったんや。海外を放浪するという一点だけが共通項の集団やから」

「番長制度は何代まで続いたのですか？」

「それがようわからへんのや。ここにある日誌も一部だけのようやし。確認できるのはだいたい四十二代まで。つまり四十二人の番長がいたということや。番長は自薦他薦で選ばれるんやが、だいたい旅慣れた者がなってたな。マドリッドに詳しいことと、少なくとも半月は滞在することが条件やったはずや。旅行者へのアドバイスをするんやから長期滞在が条件だったんやろな。さっきも言《ゆ》うたけど、世界各地にユースホステルはあるけど、マドリッドほど日本人に愛されたユースはなかったと思うで」

「どういう人たちがいたんですか」

「大学生と脱サラが中心やけど、学生が多かったな。中退したのんと休学したのが半分ずつや」

「学生運動の影響はあったんでしょうか」

「スイスのユースホステルは極左集団の溜まり場になっていると聞いたことがある。闘争に疲れて日本を飛び出した人間がたくさんおって、疲労を癒すために逃げてきたのかもしれへん。ただ、マドリッドの番長室では学生運動の話はほとんど出えへんかった。タブーというわけではあらへんで、たぶん深刻な話がスペインの風土に合わんかったんかもしれへんな。鬱屈という言葉を知らんような陽気なラテン気質の環境の中におると、すべてが解放される気分に浸れるんや。腹の中にあったどろどろしたのがみんな溶けてきれいになくなるんやろな。ほんま、文句なしにおもろうて楽しいとこやった」

「何か月も滞在するとなると、生活資金はどうしてたんです？」

「基本は日本から持ってきた資金やけど、長期滞在で不足すると、売血したり、蚤の市で日本製の品物を売ったりして資金調達したんや。売血はマドリッド大学病院で五百ＣＣで千ペセタ、つまり約五千円や。蚤の市には必ず出店したな。蚤の市があった日はみんなで打ち上げするんや。売上金で安いビノ買《こ》おてきてみんなで飲んで馬鹿騒ぎ。宴会は盛り上がったで。夜通し騒いだな。プロ並みにギターを弾きこなす者が必ず一人はおったから、ギターの伴奏で歌うんや。春歌をきっちり歌いこなすやつ、空手の型、寸劇、いろいろな演し物があったん」

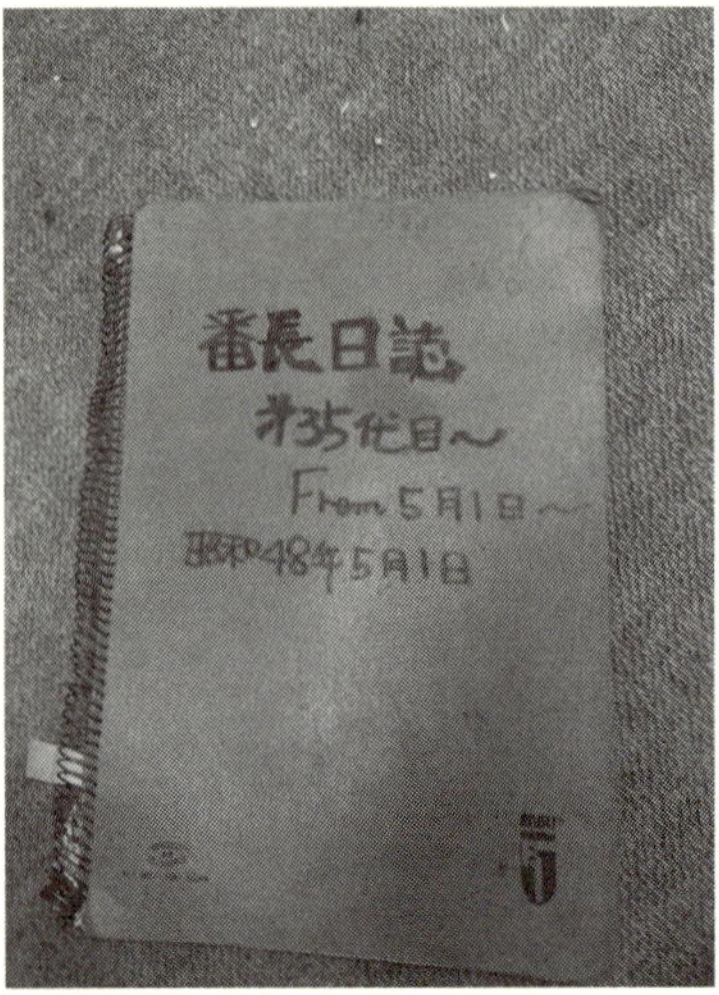

「どうして番長と言うんです？」

「まあ、言葉遊びの一種やろな。中学高校の番長みたいに徒党を組んで喧嘩や喝上げするんとちゃうことは、いまの話でわかったやろ？」

「ええ」

「一九七〇年代あたりからかなりのやつら、放浪の旅に出たんや。少年よ大志を抱けみたいな感じゆうか。たぶん大昔に満州に渡った日本人の気持ちに近いんやろな。うさんくさい思うてるんとちゃうか？　歴代番長にはけっこう名が知れてる人もおるんやで。例えば、増永工業のいまの会長とか、清和トラベルの社長とか」

「旅行代理店の清和トラベルの社長なら旅行関係ですから納得できますが、増永工業の会長が放浪していたとは意外ですね。確か増永稲吉さんでしたね」

「増永はんは十代のころに京都祇園でお茶屋遊

びにはまってもうて、親に勘当されたんや、海外にでも行って修行してこいと言われたみたいや」

大日向はそこで言葉を切り、横に置いた風呂敷包みを開いた。

「これが当時の資料や。汚いよってに家帰ったら手洗《あろ》うてね」

風呂敷包みを開くと、かびくささが襲ってきた。

中からは表紙がぼろぼろになったノートが数冊と薄汚れた布切れが出てきた。布切れは日の丸だった。一メートル五十センチ四方くらいの大きさだ。いたるところに染みがついている。白地の上部に〈「番長室」International　BANCHO-ROOM〉と手書きで書かれてある。そして歴代番長の名前がランダムに書き記されていた。

「この国旗を飾った部屋が番長室というわけですね」

「そや」

日の丸をたたみ、ノートを手に取った。表紙には「番長日誌」と書かれてある。背表紙は半分破れていた。開くと、たくさんの文字が踊っている。酒でもこぼしたのか、所どころ文字がにじんでいる。いたるところに染みがついていて、判読不可能な箇所もあった。所どころ破れており、表紙も水を吸ったのか、ごわごわしている。

同じような冊子が三冊あり、年代順の記録となっていた。その他に住所録が二冊あった。ぱらぱらとめくると、細かい字で、名前、日本での住所、ニックネーム、学校名（あるいは職業）と、わずかなコメントが書かれてある。

「住所録や。以前に来たおねえちゃんもその住所録を欲しがったのでコピーしてやったんや」

私は文子の生前の行動をトレースしていることになる。大日向の言葉には返事をせずに、柿本のエッセイに出てきたニックネームを探した。

○柿本浩二郎（リエゾン）
東京都杉並区天沼二丁目××—×　大学つまんねえ、というわけで海外雄飛。
○山田健一（ライカ）
東京都青梅市今井二丁目×—×　インド経由で帰ります。
○笹田道江（ガンジャ）
東京都調布市上石原一丁目××—×　専門学校。
○相川達也（株屋）
福岡県筑紫郡太宰府町××番地　といってもこれは実家の住所。これからは東京暮らしになる。

金髪おねえちゃんたちとはさよならだ—


心臓の高鳴りを感じながら急いで手帳を取り出した。大日向はクレームをつけない。「コーヒー、も一杯どや」と言いながら奥の部屋に消えた。

四人について書き留めた。住所も電話番号も数十年前のものなので役に立たないとは思ったが、辿っていけば現在を知る手がかりになるはずだ。この住所録で、相川達也が番長室に滞在していたことが証明された。

やはり相川達也は嘘をついていた。

ほどなく大日向の事務所を辞した。市ケ谷駅に向かう途中、ビルのエントランスに入り携帯を取り出した。手帳を見ながら、山田健一（ライカ）の電話番号をプッシュした。青梅市だ。まず当たりはないと思ったが、「はい、山田です」と女性の声が聞こえてきた。

「山田健一さんのお宅でしょうか」

「山田健一は伯父ですが、こちらにはおりません」

こちらにいない、という言葉の意味が幾通りか頭に浮かんだ。その中の一つを知るために質問を続けた。

「以前お世話になった者ですが、どちらにお住まいか教えていただけますか」

「あいにくと、いまどこにいるのかわからないんですよ」

「都内ですか?」

「さあ、父の葬儀のときにふらりと帰ってきたんですが、またいなくなりました」

「サハラ砂漠からはお戻りになったのですね」

「サハラ砂漠?」

「ええ」

「そういえば大昔に行ったことがあるとか聞いたことがありますね。なにしろ寅さん状態ですから」

受話器の向こうから軽い笑い声が聞こえてくる。私は笑うどころではなかった。これまでの仮説が根本から覆されてしまうのだ。

驚きのためしばらく言葉が出なかった。

「ところでどちら様ですか？」

「あ、失礼しました。谷島と申します。大日新聞の記者です」

と答えた。

すると、女性の声が急に冷たさを帯びた。最初に名乗らなかったのが気に入らなかったのかと思ったが、どうもそうではなさそうだ。女性は最後通牒を繰り出した。

「マスコミの方とはお話ししたくありません」

電話は一方的に切られた。

私は呆気にとられたまましばらく携帯を耳に当てていたが、すぐに我に返り、いま知ることができた事実に小躍りしたくなった。

サハラ砂漠で死んだとされていた山田健一は生きていた。

そうなると、これまでの仮説は根底から崩れる。相川達也は山田健一を殺していないし、文子がそのことで殺されることにはならない。そして、あの日記に書かれたこともでたらめだという ことになる。

本当に山田健一は生きているのだろうか。頭が混乱したまま、急ぎ次の確認のために笹田道江の番号にかけた。

しかし別の苗字の人が出て、笹田道江など知らないと怒った口調で言われた。笹田道江についてはは別ルートで調べなくてはならない。なんとか笹田道江を探し出し、山田健一の生死をとにかく確認したい。

4

思いついたのが情報屋だった。

これまで何度となく世話になっている。通常のやり方では知り得ない情報を持ってきてくれるので重宝しているのだ。もちろん有料だが、世間話をしていても貴重な話の断片が聞けたりする。電話をかけ、会いたい旨を伝えると、一時間後にやってきた。

ハンチングも黒縁眼鏡もこの男には似合わない。百八十センチを超える長身は、尾行を必須とする情報屋にとってはハンディキャップの何ものでもないと思う。痩身なのに動きが鈍い。どこから見ても三流としか思えないのだが、私はこの男に絶大な信頼を置いているのだった。

「急に呼び出すなんて紳士の谷島さんにしては珍しいですね」

「紳士と言われたことはいままで一度もないから嬉しいよ」

「早速ご依頼の件をお聞きしましょうか。お急ぎですか」

「可及的速やかに」

「身がもたないなあ」

情報屋は言葉とは裏腹に満更でもない表情だ。私は早速頼み事を口にした。

「会いたい人間が二人いる。男と女。古い住所と電話番号はある」

「住民票は調べました？」

「いや、電話はしてみた。女の方は全く違う人間が出た。そこには住んでいないようだ。男の方は親戚が住んでいたが、本人は行方不明」

「住民票の除票というのがありましてね、住所移転の履歴が載っているんです」

「調べられるかい？　弁護士でないとできない？　もしそれなら知ってる先生に頼んでくれないか」

「ちょっと待ってください、古いって、どのくらいです？」

「二十五年前」

「大昔じゃないですか。それじゃ無理ですね。除票の保存期間は五年ですから」

「じゃあ、あんたの得意な方法で探してくれ。蛇の道は蛇ってやつだろ」

「かなわないなあ」

笹田道江と山田健一の昔の住所と電話番号をメモして渡し、おおまかにこれまでの経緯を説明した。

「了解です」

先ほど銀行からおろしてきた数枚の万札を情報屋に渡した。


翌日早朝に携帯が震えた。ディスプレイには情報屋の名前がある。

「笹田道江の消息がわかりましたのでお知らせしておきますね」

仕事が早いのはいいが、どんな手段を使ったのか訊きたくなる。私の質問に情報屋は、

「サラ金の営業マンを知ってましてね、そいつに頼んで調べてもらったんです。賃借関係は正当な理由になるんです。役所も調べて答える義務がある。もっとも書類その他は偽物を使ったようですが。あ、誤解しないでください。サラ金の知り合いは暴力団とは一切関係ありませんのでご心配なく」

「ありがたい。で、笹田道江はいまどこにいる?」

「残念ながら亡くなっていました。事故死です」

「事件性ありかい?」

「いえ、ないです」

「どうしてわかる?」

「県警に問い合わせしました。犯人も逮捕され、すでに刑期を終えて出所しているとのことでした」

「亡くなったのはいつ?」

「三年前の十一月です。当時の新聞記事ファックスしますね」

郡山市内の主婦、ひき逃げされ死亡
十七日午後十時ごろ、郡山市在住の主婦佐藤道江さん(50)が国道四九号線を横断中、自動車に轢かれて死亡した。近くの病院に運ばれたが即死状態だった。目撃者によると、三ナンバーの黒い乗用車は猛スピードで逃げたという。県警はひき逃げ事件として捜査を開始した。

文子が残した新幹線の領収書にあった「郡山」の意味がこれで判明した。結婚して佐藤道江になっていたのだ。

不慮の事故で五十年の人生を終えたことを不憫に思う。海外にあこがれて単身日本を脱出したころが彼女の人生のピークだったのだろうか。相川達也や柿本浩二郎とはどういう関係だったのだろうか。

情報屋から佐藤道江の亭主の住所と電話番号を聞き、メモした。

「山田健一はどうだった？」

「いただいた住所が実家なので簡単にわかると思ったのですが、難しいです。姪御さんの話だと、山口県の柳井にいたことまではわかっているのですが、いまは消息を絶っているとか」

情報屋の口から出た「柳井」を聞いて、暗闇に灯が点った。

「姪御さんのお父さん、つまり山田健一の弟さんが一年ほど前に亡くなられたときに葬儀で会ったきりだと。最近連絡することがあって電話してみたが、その電話は使われていなかったそうです」

「捜索願いは？」

「そんなの出してないです。あまり気にしている風でもなかったですよ」

「柳井の住所はわかったのかい？」

「ええ、名刺を見せてもらったのでメモしてます」

住所を読んでもらった。肩書等は書かれていないとのことだった。

情報屋の言う通りならば、山田健一がサハラ砂漠で相川達也に殺されたという文子の話は間違っていたことになる。牧村書房の田辺も文子の憶測に踊らされていたのだ。相川達也という大物フィクサーが殺人者で、自ら直接手を下したという事実にニュース性を感じ取ったのは早とちりだったということだ。

「頼み事があるんだが」と言うと、

「柳井に飛べってことですね」

「そう」

「早速行ってきますよ」

情報屋に礼を言って電話を切り、すぐに笹田道江が住んでいた家に電話をかけた。電話に出た男は道江の夫だと名乗ったが、用件を切り出したとたん、

「道江についてお話しすることは一切ありません！」

と強い拒否反応を返してきた。

自己紹介と簡単ないきさつを話したが、相手は黙っているだけだった。一度お会いしたいと言うと、「勘弁してください」を繰り返し、埒が明かない。

あることに思い至った。

「もしかして、私と同じように奥様のことを聞きたいと言ってきた人がいましたか？」

佐藤宗重が黙った。当たりだ、と私は思った。

「その人が佐藤さんに失礼な振る舞いをしたのではないですか、暴力的なことも含めて。違いますか？　私はその人間たちとは違います。当時の相川達也さんについてお聞きしたいだけなんです。相川さんとは先日お話ししました。確認していただいてもけっこうです。怪しい者ではありません」

しばらく沈黙が続いたあと、

「実はおっしゃる通りのことがあったんです。道江のことを聞きたいと言ってやってきた人間が、突然私を無視して部屋を荒らし始めました。何かを探しているようでした。私は警察に知り合いが多いのでこっそりと連絡しました。すぐにパトカーのサイレンが聞こえてきて、男たちは蜘蛛の子を散らすように家を出て行ったんです」

「最近のことですね」

「いえ、一年半ほど前です」

一年半前……。牧村書房で見せてもらった領収書では、文子が郡山に行ったのは昨年で、一年半も経っていない。

「つかぬことをお訊きしますが。柳原文子という女性がそちらにうかがったと思いますが、いつごろでしょう。実は私は彼女の知り合いなのです」

「はい、感じのいい方でした。確か昨年十一月ごろだったと思いますよ」

「……」

話を元に戻すことにした。

「佐藤さんの家を荒らしたのはどういう人間でした?」

「あれはやくざもんですよ」

「いろいろと話が飛んで申し訳ないのですが、奥様が二十五年前にサハラ砂漠を旅行されたことはご存じですか」

「ええ、聞いたことがあります。でも私は外国には興味がないものですから詳しくは聞いていません」

「相川氏ともう一人山田さんという方と三人で行かれたそうですが、そのあたりは？」

「誰と行ったのかも、興味がなかったものですから。でも、相川が一緒だったとは思えませんね。私は相川に道江を紹介されて一緒になったんです。当然、道江は相川を以前から知っていたわけですが、そういう話は聞いてないです。私の知る限りでも、相川って男は砂漠なんてとこには興味ないですよ」

驚いた。笹田道江との仲をとりもったのが相川達也だったとは――。

「立ち入ったことをうかがって恐縮ですが、結婚されたのは早かったのですか？」

「二十年前です。私が五十二、道江が二十七のときです。年齢が離れてましたけど、そんなの気にならんかったです」

「サハラ砂漠の旅で何か残されていませんか。写真とか日記とか」

「日記なんかつけてません。写真なら残っていますよ、ちょっと待ってください」

受話器を置く音が耳に響いた。私は煙草をくわえた。

「何枚もありました」

「何人写っていますか？」

「四人とか三人とかですね。みんな日焼けして真っ黒ですよ。道江も……このころはかなり太ってたんですね、あっ、相川がいました！」

「一緒に写っていますか？」

「はい、相川に間違いありません。すみません、さっき違うことを言ってしまって」

「いえ、気にしていません」

相川がサハラに行ったことは写真で証明された。大きな収穫だ。

「ところで、家を荒らした男たちはその写真には手をつけなかったのですか？」

「道江のものは鍵をかけた納戸にしまっていますので」

「柳原さんにもその写真を見せられたのですね」

「いいえ、見せてませんよ。見せてくれという話もありませんでしたよ。柳原さんは相川のことを聞きたいということでした。私が相川と親友だということで、若いころのエピソードなどをいくつか披露しましたよ」

「その写真、見せていただけないでしょうか」

「それはちょっと……」

佐藤の躊躇《ためら》いが伝わってきた。

「では写真はあきらめますが、一度お会いできませんか。よろしければ直接おうかがいしたいのですが」

「わざわざこちらに」

「ええ。ぜひお願いします」

佐藤宗重はどうにか了承してくれた。


翌日、東京駅から東北新幹線に乗って郡山に向かった。

上野を出たときに小降りだった雨は徐々に雨脚を強くしていき、郡山に着いたときには土砂降りになっていた。駅前からタクシーに乗り、ワンメーター上がったときに目的地に着いた。

玄関で迎えてくれたのは若い女性だった。娘だと自己紹介してくれた。肉厚のからだつきをしている。対照的に、佐藤宗重は一見して貧相な感じの男だった。身長体重はそこそこありそうだが、頬がこけているので小さく見える。しかも年齢以上に老けてみえる。妻を亡くしたこころの痛みのせいかもしれなかった。

相川達也との関係が気になっていたので訊いてみると、大学時代からの親友だと言い、意外な事実を語ってくれた。

「相川は私の妹と結婚したのですが、五年で離縁しましてね、そのことで私に負い目を感じていたんでしょうな。道江を私に引き合わせたのも、それが根っこにあったんでしょう。道江の方も相川の意を汲んでいたと思いますよ。つまり佐藤と一緒になるのならとことん尽くせということです。

信じてもらえないかもしれませんが道江は相川と恋仲だったんです。でも、私が道江と初めて会ったときは、すでに相川との仲は冷えていました。相川自身がそう断言していました。ご承知だと思いますが、相川の女好きはもう手がつけられないくらいひどいのですよ」

佐藤は笑った。そういえば品川桃子も同じようなことを言っていた。

「誤解せんでくださいね。相川が飽きて私に道江を押しつけたなどと思わんでください」

「そんなことは思ってません」

「私が道江を好きになり、相川に相談したんです。道江と頻繁に会えるように算段してくれたのは相川ですが、何度も会っているうちに道江も私の気持ちをわかってくれたのです。結婚後も道江が相川に未練を残しているような素振りは全くなかったです。快活でおしゃべりで情が濃い女でしたから、相川に未練があればすぐに顔に出たはずですが、そんなことはなかったので、私はおだやかな結婚生活を送ることができました。その点で相川と道江には感謝しているんです」

話好きというより、聞いてもらいたいことがたくさんあるのだろう。一夜にして幸福が不幸に変わったのだから、胸の内は悔しさ、無念さ、怒りといった感情が絡み合っていると想像できた。私はときおりあいづちを打ちながら黙って話に耳を傾けた。

「郡山には脱サラして移り住んだんです。私の実家がすぐ近くにあります。老後は東京のような空気の悪いところは嫌だと思いまして。道江も賛成してくれました。蓄えが少しありましたので、それに実家から少し借金して家を建てました。

借金を返済して、すっきりしたところで家族旅行にでも行こうかと話していたんです。家内が事故に遭ったのは、親に残金を返して帰宅する途中だったんですよ。身が軽くなったとたんの不幸ですから、世の中を呪いたくなってしまいます」

感極まったのか、佐藤は突然喉をつまらせて咳き込み、手の甲で目頭をぬぐった。

「ああ、写真でしたね。ちょっと待ってくださいね」

佐藤は立ち上がり奥の間に姿を消した。数秒後に現れたとき、佐藤の手にアルバムが握られていた。

写真はアルバムにきちんと整理されていた。電話で話したときは紙袋に無造作に投げ込んであったという。写真には日付が入っており、佐藤はその日付順にアルバムに貼っておいてくれていた。

佐藤は「ごゆっくり」と奥の部屋に消え、私を一人にしてくれた。早速、目の前にあるアルバムに手を伸ばした。日付が刻印されているので、笹田道江の行動を把握できる。

彼女がマドリッドに最初に足を踏み入れたのは一九八四年五月だった。その写真は、おそらくペンションの部屋で撮ったと思われるもので、スペイン人らしき太った女性と一緒だ。番長室があるユースホステルは女子禁制だったので、おそらく市内のペンションで寝泊まりしたのだろう。

食事中の光景やマヨール広場、プラド美術館、名所旧跡の前でポーズをつくった写真が数枚続いた。ユースホステルらしきところで写っている写真は七、八枚あった。いずれも十五人ほどの集合写真で、女性は彼女一人だけだ。夜間に撮影したものもあるが不鮮明だった。

グラスとワインの瓶が見える。彼らがビノパーティと呼んでいるものだと推測した。ギターをかき鳴らしている男。踊っている男。逆立ちしている男。上半身裸の男。いろんな男たちがそれぞれのパフォーマンスをアピールしている。

そんなにぎやかな写真に混じって、一枚だけ日の丸を背にして三人で写ったのがある。彼女を挟んで左右に若い男が写っている。向かって右側の男はひげ面でがっちりしたからだつきをしている。これが山田健一だろう。左側は相川達也だった。額にある大きな黒子が目立っている。若かりしころの相川はいまよりも精悍な顔つきだ。私はその一枚をアルバムから剥ぎ取った。

さらにページを繰っていくと、徐々に風景が変わっていった。写っている人間の数が減り、代わりに荒涼たる景色が見えてきた。次のページに入ると砂の世界が現れた。

人は一人も写っていない。

光り輝く黄色の砂粒で埋め尽くされた砂模様。

厳粛な地平線と真っ赤に燃えた太陽が交じり合う幻想的な世界が広がっている。

次のページから、人が写っている写真が増えてきた。ターバンを巻いた男二人が白い歯をむき出して笑っている。それまでのなだらかな砂模様が消え、景色は幾何学的な岩肌に変わっている。

ページを繰っていった。日本人の姿が現れたのは次の次のページだった。

レンジローバーのボンネットに寄りかかった三人の男が写っている。柿本、相川、そして山田と思われる男の三人だ。

私はさらに次のページを開いた。このページも砂一色の世界だった。ため息が出るほど美しい光景だ。次のページはオアシスだろうか、樹木の緑が混じる光景の中で三人はコーヒーカップを手に持って笑顔を向けている。さらにページを繰ると、その日以降は柿本単独、あるいは柿本とガンジャの二人の写真だけとなった。二手に分かれて別行動に入ったのだ。

アルバムを閉じてから奥の部屋に声をかけた。顔を出した佐藤に言った。

「一枚だけお借りできませんか」

相川、ガンジャ、山田健一の三人が写った写真を佐藤に見せた。佐藤は快諾してくれた。私は先ほどから思っていたことを口にした。

「相川さんは若いころ、額に黒子があったのですか」

佐藤は怪訝そうな表情で写真を見た。

「さあて、どうだったかな。こんな目立つ黒子だったら記憶に残っているはずだが」

帰りの列車の中で缶ビールを飲みながら預かった写真を何度も見ていると、あることを思い出した。柿本浩二郎はエッセイの中で、「株屋」について「バリトンの低い声がよく通る魅力的な男だ」と書いていた。相川達也はバリトンではない。私は大きな勘違いをしているのかもしれない。

本当に勘違いであるならば、真相はどこにあるのか。頭の中をたくさんのストーリーが通り過ぎる。どれも本筋ではない。焦りを感じながらようやく小さな可能性を見つけた。当たっているかどうかはわからないが検証する必要はある。

5

智彦に相川荘三郎の電話番号を教えてもらった。相川達也の実弟だ。強引にアポイントをとった。最初は会う理由がないと拒否されたが、柳原文子のことだと率直に言った。それでも黙っているので、吉良組のことでもあると言った。こちらの勢いに押された形で荘三郎はどうにか承諾してくれた。空港からタクシーで相川荘三郎の自宅に押しかける予定だ。

黒子は後天的にできたりもするし、逆に外科手術で消すこともできる。しかし、声を本質的に変えることは不可能だ。つまり、サハラ砂漠に行ったのは相川達也ではなく、弟の荘三郎だったのだ。

相川荘三郎が番長日誌に兄の名前を書き、達也になりすましたことの理由などどうでもいい。私が知りたいのはただ一つ。文子の死にどのようにかかわったのか、の一点だった。

「荘三郎さんはどんな人なの？」と智彦に訊いた。

「夏実のお父さんが母の件に関係しているのですか」

「たぶん」

「夏実のお父さんは温厚な方ですよ」

「温厚？　達也さんとは性格が違うのかい？」

「夏実に言わせると真逆だそうです。子供のころから親分肌のお兄さんに助けてもらっていたそうです」

「仕事は何を？」

「不動産業を営んでいます。バブルのころは羽振りがよかったようですが、いまはだめみたいですね。昔のような大規模な開発がないので、持っているアパートの管理や土地の売買で生活しているそうです」

私は神谷の話を思い出した。筑紫野丘陵開発の件だ。智彦に尋ねると、

「ああ、聞いたことがあります。入札で苦労するけど、うまくいけばかなりの利益が出ると自慢していたそうです」

「嫌なことを訊いて悪いが、暴力団との関係はないんだろうか」

智彦は沈黙した。後悔した。やくざとの関係を訊かれれば誰でも怒るに決まっている。しかも恋人の父親に関することなのだから。返事がないので、「答える必要はない」と言うと、智彦は顔を上げ、

「実は、吉良組という暴力団と関係があるらしいんです」と言った。

「どういう接点なんだ」

「最近頻繁に吉良組の人間と会っているとか。あと、何か怯えているようだと言ってました。恐

喝でもされているんじゃないでしょうか」

すぐに神谷に電話を入れた。発信音が続く中、私はいらいらしながら待った。結局留守電に切り替わったので、折り返し電話が欲しい旨伝えた。二分後にかかってきた。

「すまん、会議がいま終わった」

携帯を握りしめて、襲いかかるように神谷に質問した。

「この前のおまえの話だと、筑紫野丘陵開発の利権をめぐる総会屋と暴力団同士の争いが勃発していて、二大黒幕である桐山と相川の関係が急激に悪化しているという話だったよな？」

「それが何か？」

「筑紫野丘陵開発にかかわっているのは、もしかして相川の弟じゃないか」

「そうだが、それがどうしたんだ？」

「達也と組めばそれはこころ強いよな」

「兄あっての弟だ」

「吉良組は？」

「相川達也と蜜月」

「ということは、弟とも関係ありだな」

「当然だ」

「例えばの話だが、殺人を吉良組に依頼できるような関係か」

「リスク覚悟ならな。でっかいリスクだ。一生つきまとわれるぜ。つきまとわれてもメリットが大きければ話は別だが。つまり、誰かを殺すことによって膨大な金が流れ込んでくるかどうかだ」

「筑紫野丘陵開発はどうなってるんだ?」

「認可制度だから、いまが山場だろうな。相川グループが指定業者に入れるかどうかの瀬戸際だ。三つほど大手業者は決まっている。だから吉良組は相川グループに全面的に支援しているんじゃないか。吉良組に流れる金も半端ないからな」

「じゃあ、相身互いで、理に合わない依頼も受けるな」

「殺人ということか? どうかな。おまえ、妙なことに首を突っ込まない方がいいぞ」

「乗りかかった船なんだ。ところで吉良組の弱点を教えてくれないか」

「弱点なんて探せばたくさんあるだろうが、あったとしても一般市民がどうこうできるものじゃない。そんなことわかってるだろうが」

「あわてさせるネタはないか」

神谷はしばらく黙ったあと話し始めた。

「かなり前になるが、プロレスラーの藤王丸がひき逃げの容疑で取り調べを受けたことがある。その興行を主催したのは吉良組。運転していたのは別の人間だが、同乗していた藤王丸を目撃した者がいたのさ。しかし、最後にはその目撃証言を覆してしまった」

神谷はその事件の経緯を詳しく話してくれた。私は聞き終えてから言った。

「こんなつくり話はどうだろう。新しい事実を告げる投書がたくさん来ているので確認のために話を聞きたい。すでに終わったことだから投書を無視することもできるが、読者あっての新聞社なので一応確認のために時間を割いて欲しい、というのは？」

「悪くないな。悪くはないが、会社を名乗ると逆襲の種にされるぜ。やくざは甘くない、退職金なしで放り出される。やめた方がいい」

「危ない橋を渡らないで済むように、危険度の低い吉良組幹部を紹介してくれないか」

「おまえ、まさか」

「もちろん、会って話してみないことには真相はつかめない」

神谷は絶句したようだったが、しばらくして、

「吉良恒夫という男がいる。これがかなりの切れ者で、理に合わない暴力を使ったりはしないそうだ」

「暴力を使わない暴力団はないと思うが、まあおまえの推薦なら間違いないだろう」

礼を言って電話を切ろうとしたとき、神谷がちょっと待てと言った。

「おまえ、やっぱり変わったな」

「どう変わった？」

神谷はそれには応えず、

「生きていたらまた電話してくれ」

「命をかけるのも悪くないと思っている」

「自暴自棄になるな」

「おまえのアドバイスはいつも役に立つ」

電話を切った。相川荘三郎が吉良組と深くかかわっていることは明らかだった。

6

福岡空港は山々の稜線がくっきりと見えるほどの秋晴れだった。前日に雨が降ったのだろうか地面が濡れており、空気はその雨で洗い流されたように澄んでいる。福岡空港からタクシーに乗り、運転手に荘三郎の住所を告げた。相川荘三郎の家は太宰府天満宮とは反対方向に位置する。

三号線を走るあいだ、これからの展開について頭の中でシミュレーションを何度も繰り返した。そう簡単に口を割ることはないだろう。法的に有意なものではないのだから。しかし、脅してでも口を割らせる。人の命に関わることに遠慮する必要はない。

タクシーを降り、門の前に立った。豪邸だ。ドアホンを押した。お手伝いさんらしき女性が居間に案内してくれた。すでに荘三郎はソファに座っていた。荘三郎の妻がお茶を運んできたが、すぐに席をはずした。

闘牛のポスターときらびやかなシャンデリアがある豪華な部屋で、私と相川荘三郎は向かい合った。

「智彦くんの頼みなので承諾しましたが、大日新聞の方が私にどんな用件があるんでしょうか」

荘三郎は魅力あふれるバリトンで言った。しかし表情は穏やかではない。温和な性格と聞いていたが、黒子のある眉間に皺を寄せ、腺病質のような顔だった。怯えているようにも見えた。

「確認させていただきたいことがありまして、それで面会をお願いした次第です。お忙しいでしょうから単刀直入におうかがいしますが、よろしいでしょうか」

「はい」と答えた荘三郎の表情はさらに険しくなった
「まずは、この写真を見てください」

佐藤宗重から預かったサハラでの写真を見せた。荘三郎は写真を手に取り、じっと見つめている。

返事はない。

「ここに写っているのはあなたで間違いないですね」

「確かめたいことは二点です。一つは、サハラ砂漠で山田健一を殺したのはあなたなのか、もう一つは、番長日誌の住所録にあなたはどうしてお兄さんの名前を書いたのか」

山田健一が生きていることは隠しておくことにした。しばらく待ったが荘三郎の口は動かなかった。私は続けた。

「サハラ砂漠でのあなたの犯罪について柳原文子さんに追及されて、困ったあげくに吉良組に頼んで彼女を始末させた」

ここで、ようやく荘三郎の口が開いた。

「失礼なことを言うのはやめていただけませんか」

「事実に失礼も何もないでしょう。あなたはいま筑紫野丘陵開発の件で大変な局面に立たされている。ここで昔の犯罪歴が表に出ると、つかみかけている幸運が逃げていく。吉良組に頼ることのリスクと、リスクを避けてつかみ損ねる金とを天秤にかければ、答えは簡単に出てもおかしくはない。バブル時代ならいざしらず、実質的不況のいまのご時世で大規模開発自体がうさんくさい、つまりは国のお墨つきで動いているプロジェクトだというのは周知の事実。だとすると、難局を乗り切らなければ、単なる犯罪者の烙印を押されるだけにとどまらない、一生浮かばれることはないとの判断は当然でしょう。でもそれが、こと人間を殺すという行為と連動するのなら、あなたの判断は間違っている。世間はそう甘くないんじゃないですか」

荘三郎の表情がすっと消えた。図星をつかれて観念したのか、表沙汰にならないことに自信があるのか。私は話し続けるしかなかった。殺人については、文子だけではないこと、笹田道江の事故死と柿本浩二郎の不審死もある。

「笹田道江はサハラ砂漠でのあなたの犯罪について知っている。当然口封じしたいでしょう。柿本浩二郎もあなたを疑っていたのではないですか、だから殺した。自分では無理だから吉良組に頼んだ」

「文子さんは病死だと聞きましたよ。何を寝ぼけたことを言ってるんですか」

「ほー、よくご存じですね。文子さんが病死だと誰に聞いたんですか？　新聞には一切出ていませんが」

荘三郎は、黙った。

「言いづらいのなら私が申しましょう。吉良組に聞いたんじゃないですか。殺人だと後先厄介になるので病死ということにした。暴力団はその手の病院をいくつか抱えているだろうし、でなければまともな病院を恫喝したのか」

「それは……」

何か言おうとする荘三郎を制して、

「すべてはあなたが仕組み、吉良組を使った。偉大な兄の威光を利用したんだ」

そのとき意外な反応があった。「違う！」と荘三郎は叫び、「兄の威光やらなか！」と強く反応した。

黙っていると荘三郎が額に汗をにじませ、

「兄に頼ったことは一辺もなか！」

と、こちらが知りたいこととは次元の違う言葉を吐いた。いつの間にか、言葉が博多弁に変わっている。

相川達也と自分では度胸も能力も格段の差があることを自覚し、あこがれさえも抱いているのかもしれない。兄からの庇護を受けながらも、どこかで兄を越えたいという気持ちだけは持ち続けているのではないか。荘三郎という人間に対する私の興味は完全に消え去った。

「粋がりたいのなら、他の場所で他の人にやってもらえますか。こうやって真剣に話をしているときは、相手の質問の意味をもう少し考えてもらわないと会話が成り立たない」

荘三郎が上目遣いに私を見る。憎悪に燃えた眼差しが哀れだ。

「さあ、先ほどの質問に答えてくれませんか。でないと、私は吉良組の幹部に会いに行き、自分の考えをぶちまけますよ」

「吉良組……」

「そう吉良組の吉良恒夫という男に会うつもりです。交換条件も用意してある。簡単にはいかないかもしれないが、私にはうまく交渉する自信がある。文子さん殺しを初めとした一連の殺人事件の真相と、それにあなたが関与している事実を必ず引き出してみせます」

しばらく静かな時間が流れた。

荘三郎の眉間に皺が寄ると黒子の形が歪み色がくすむの発見し、私はそれをじっと見続けていた。その黒子が元の形と色を取り戻したとき、荘三郎は口を開き、長い独白を始めた。

「筑紫野丘陵開発の入札の件で政治家ば動かせとるのは兄のおかげやったとですが、いま兄は私にすべてを任せ、自分は手ば引いてしまったとです。兄は吉良組との関係ば絶ったとです。吉良組としては、兄の縛りがなくなったけん私に攻勢ばしかけてきたっちゃろう。吉良組は会社の代表権ば渡せと言いよるとたい。向こうの人間ば役員にはしとるとばってん、代表権だけは与えとらんと。それだけじゃなか、筑紫野丘陵の仕事が決まれば、利益の半分をコンサル料として支払う旨の契約も押しつけられとるとばい。兄には相談でけんとです。いま兄は別のことにかかりきりで、もう吉良組との関係は絶つと断言しとうとです。一辺決めたら曲げん人やけん、兄に吉良組対策ば頼むことはできんとよ。

ここまで追い詰められとる理由は、おたくの指摘通り、サハラ砂漠でのことたい。言い訳はしとうなかばってん、サハラ砂漠での一件は殺す気なんてなかったと。でも結果的にそうなってしもうた。吉良組の組員数人との飲み会のとき、臆病者扱いして笑われたことがあったとです。そのときサハラでのことば大げさにしゃべったとです」

「武勇伝に仕立て上げた？」

「まあ、そういうことですたい。雑談の席やったけん。ばってんが、やつらは私の話ば録音しとったとたい」

録音テープをネタに脅されているということなのか。にわかには信じがたい。荘三郎の言うことが本当だとしたら、文子殺害への荘三郎の関与の可能性は極めて低くなる。脅している人間に殺人を頼んだりはしないだろう。代償は二倍では済まなくなる。一方で、荘三郎には虚言癖があるのかもしれない、とも思う。場の空気の中で嘘がすらすら口から出てくる人間を私はたくさん見てきた。

いずれにしても、私が知りたいことは、文子を殺した人間あるいは組織、それにかかわった人間たちなのだ。すでに私の頭の中では文子他殺説が大きくなっていた。

荘三郎が黒幕ではないとすると一から出直しということになるが、それはそれで仕方がない。とにかく、事実をこの場ではっきりさせておきたかった。私は荘三郎に対して高圧的な態度に出ることにした。

「黒い仕事は黒いやつらに任せた方がいいんじゃないですか。つまり、あなたの会社を吉良組に丸投げすれば済むことですよ。あなたは街の不動産屋として生活には困らないでしょう。吉良組のおかげで黒いビジネスが成り立っていたとも言えるわけでしょう。あなたはまた一から出直せるし、いま不動産業は冬の時代だとはいえ、こつこつとやっていけばきっとうまくいきますよ。資産はあるのだし、けっしてマイナスからのスタートではないでしょうから」

「……」

「ご不満なようですが、無言ということは図星なのですね」

荘三郎は顔を天井に向けた。

「私ばかりが話しているようだが、黙ってばかりではやくざとやり合えませんよ。よくいままで彼らとつきあってこられましたね。やはり全部お兄さんの指示通りに動いていただけなんですな」

荘三郎の顔が朱に染まる。私はさらに言葉を継いでいった。

「録音テープをネタに脅されているなんて安易な嘘はつかないでもらいたい。お兄さんが多忙で協力してくれないというのも嘘だ。相川達也さんに先日お会いしたが、忙しそうには見えなかった。のんびりと毎日散歩を楽しんでおられる。そろそろ本当の事を話してくれませんか。何度でも言いますが、あなたは文子さんの追及を疎ましく思い、殺した。娘の友達の母親であろうと躊躇なく抹殺する非道さはあなたの得意技らしい」

「ちょっと待ってくれ。いくらなんでもそげなことはせん」

「では、殺っていない証拠はあるんですか」

「あの日は福岡におったとです。数人と飲みよったけんアリバイはある」

私は大声で笑った。

「あんたには人殺しができるほどの度胸はない。何度も言うが、吉良組が文子さんを殺し、病院を恫喝して嘘の診断書を書かせた。文子さんは惨殺された。それを指示したのはあんただ」

「そげなことはせん」

「だから、その証拠を見せてくれと言ってるんだ。知ってると思うが、殺人教唆罪は殺人罪とほぼ同じ、死刑もあり得る」

「殺人依頼やらするわけがなか。する必要もなかった。確かに私がサハラ砂漠の件ば吉良組に話をしたことは事実たい。そればネタに脅されてとるとやけん。冗談で、柳原文子を殺せばいいんだな、と言われたことはあると。もちろん冗談だとも言われた。変な方向に行くのを私は心配したとです。娘の恋人の母親に対して、そげなことばするはずないじゃなかですか。いや、その前に人を殺すやら、考えただけで震えがくるばい」

「人殺しはサハラ砂漠で経験済みでしょう。日本ではできないというのなら、その理由を教えてくれませんか」

「……」

荘三郎は顔を伏せて沈黙した。

「じゃあ、吉良組が勝手に判断して殺したということなんですか？　万一そうだとしても、あんたが頼んでないという証明にはならない」

「いや、これだけは言《ゆ》うとくばってん、私はそのことで兄に相談したとよ。吉良組が暴走するかもしれんけんどうにかしてくれと。殺そうと思うとったら相談やらせんばい。兄に確認してもろうてもよか」

「お兄さんの反応は？」

「考えておくっちゅうだけやった」

「それだけ？　義理人情の世界で生きてきたにしては非情だな。兄弟関係に亀裂がすでに入っていたんだな。なのにお兄さんに相談した？」

荘三郎は頷いた。

「では訊くが、そもそも文子さんが危険にさらされていたのを、あんたはどうして知ったんだ？」

荘三郎はその問いに即答した。

「殺ってやるから女の住所ば教えろと言われたとです。殺らないといけなくなったと言ったとです」

「いつ？」

「二月一日」

「ずいぶん具体的だな」

「いつも一の日は吉良組との例会があるとです」

私は少し考えてから、さらに質問した。

「よく考えてみてくれよ、相川さん。あんたが依頼したからこそ文子さんを殺すメリットがあるんじゃないのか。あんたから経営権とか金とかを巻き上げることができるからね。でも、依頼もしないのにどうして吉良組が殺しをやる？　やくざは馬鹿ではないよ」

「それは……」荘三郎は言葉を探しているようだった。そして出てきた話は筋の通らない言い逃れでしかなかった。

「他にメリットがあったごたる」

「詳しく教えてもらいたいものだな、そのメリットというやつを」

「それは知らん」

「逃げてばかりだな」

「いや、それは違う。考えてみるとおかしかとです。冗談で文子さんに追及されとることば話したのはずいぶん前のこと、確か昨年の忘年会のときやったと記憶しとると。それから二か月近く経ってから、今度は女を殺すと言いだした。私の件とは無関係と考えた方が筋が通るたい。その後、頻繁に文子さんの情報ば訊いてきた。私はほとんど知らんけん答えんやった。尋常じゃなか空気が吉良組に流れとると思うたけん、これはまずかことになると思うて兄に相談したとです」

それまでの寡黙が嘘のようにぺらぺらと博多弁丸だしで言葉を走らせる荘三郎を見ていると、内容の軽さ以上に人間としての軽薄さを感じ腹が立ってきた。

「つくり話はやめてくれないか」

私は荘三郎に近づき、首根っこをつかんだ。怯えの色が走る。渾身の力を込めて右拳を荘三郎の顔面にたたき込んだ。

「吉良組が文子さんを敵対視する理由などない。あるのなら、いまここで吉良組に電話して聞いてみろ、あんたが知らないならな。もし知っているのなら、言い訳ばかりしないですべて話すんだ。それと、あんたがどうしてそのことを知ったのかもだ」

「止めたとばい！」

相川荘三郎はすでに正体を失っているのか、話の流れとは関係のない言葉を吐いた。

「文子さんには手ば出すなと止めたと。兄貴にも頼んだ。それでも吉良組は執拗に文子さんば狙っとった。理由はわからん」

私は相川の胸ぐらをつかみ、強く後ろに押した、荘三郎は音を立てて壁にぶつかり、反動で前のめりに倒れた。

「嘘も休みやすみ言え」

そのときサイレンが聞こえてきた。明らかにパトカーのサイレンだった。

「お手伝いさんはあんた思いのようだな、まあ当然だが。傷害罪でおれは逮捕されようが、全くかまわない。しばらくぶた箱に入ってこれからのことを考える。たぶん、吉良組の幹部に直接話をつけにいくことになるだろう。無謀だと思うだろうが、おれの行動はおれが決める。誰にも止められない」

「待ってくれ」

「また保身の虫が動きだしたのか。おれはあんたが文子さんの殺害に関わっている証拠をつかんでいる。それを吉良組との取引条件にする。おれは文子さんに実際に手を下した人間と、それを指図した人間の双方を告発する。その筆頭があんただ」

相川の鼻から血が噴き出した。それをぬぐいもせずに、「待ってくれ」ともう一度言い、懇願するように続けた。

「私の名前ば吉良組には出さんでくれんね」

最後まで保身に走る荘三郎の哀れな姿に怒りを覚えた。私は無言で荘三郎の家を出た。パトカーの音が近づいてくる。拘束されれば抵抗はしない。ありのままを話すだけだ。警察との接点ができてむしろ好都合だと思った。しかし、気になることがある。荘三郎が言ったひと言だ。

「文子さんば狙うメリットが吉良組にあった」

私に脅されて咄嗟に出てきた嘘なのか？　だとしても確認は必要だ。

私は右に延びる路地に入った。十メートルほど先に家が建っている。私道かもしれない。振り向くと、パトカーが通り過ぎていった。携帯を取り出し、相川達也の番号を検索し、発信ボタンを押した。吉良組の内情に詳しいのは相川達也だ。

電話に出たのは品川桃子だった。残念なことに相川は不在だという。

「先生はいつお戻りですか」

「そうですね、一週間の予定ですので、明後日には帰国いたします」

「海外ですか。お忙しいのはいいことです。では帰国なさったころにかけなおします」

電話を切ろうとしたとき、谷島さん、とひときわ大きい声で呼ばれた。何でしょう？　と答えると、

「こんなことお尋ねするのは失礼かと存じますが、文子さんの日記とやらに書かれてある相川とのことをもう少し教えてもらえませんか」

品川が自覚している通り、失礼な話だと思った。それ以上に他人の日記をのぞき込もうとするさもしさが気に入らない。相川と文子の関係を知りたがる心情は理解できないこともないが。

「二人が会われた日にちと場所だけです」

「どういった場所ですの？」

「赤坂にある先生の事務所、バー、喫茶店、いろいろです」

はあ、と意味のわからないため息のあと品川はしばし沈黙した。

「ところで海外はどちらに？」

と訊くと、

「上海、ワシントンと申しておりました」

今度は私が沈黙した。

「海外で何をしているのか知りませんけど、まあお好きなように、と思っていますの」

どう答えていいのかわからないので再び電話を切ろうとしたとき、また呼び止められた。

「この前、谷島さんが帰られたあと、相川に聞きましたのよ。郷原代議士を追っていた記事がボツになり、しかも社内でトラブルがおありになったと。その郷原浩輔さんの古希を祝うパーティがあるんですが、よろしければいらっしゃいませんか」

大胆な提案の意図がわからなかったが、私は「ぜひに」と答え、日時と場所を教えてもらった。日程的には大丈夫だ。場所はホテル・エレガンス、鳳凰の間だ。会費は二万円だそうだ。メモを書き終えて電話を切ろうとすると、再び品川が止めた。

「あのー」

「何でしょう？」

「谷島さんはお亡くなりになった柿本さんとはお知り合いだったのですか」

「大学時代からの親友でした」

「そうでしたの。柿本さんのエッセイがどうのとおっしゃっていましたね」

「はい。柿本の書いたエッセイです。サハラ砂漠の紀行文みたいなものですが。相川さんからお聞きになっていませんか」

「いえ、何も」

「柿本はその道では知られた宗教学者です。ご存じでしょう」

「ええ、名前だけは存じあげています」

名前だけであるはずがない。相川の別荘で柿本の話題を出したときに感じた異様な雰囲気がそのことを証明している。品川は柿本の話題が出た時点で席を立ち、厨房に向かったではないか。そして、相川が瞬間、品川の方に目を走らせた。

ようやく電話を切ることができた。

品川が何度も電話を長引かせようとしたのは、柿本のことを聞きたいためだったのだと確信した。品川がなぜ柿本に興味を持つのか、と考えたとき、下世話な想像が頭に浮かんだので真偽を確認したくなった。思いついたのが柿本の奥さんだ。幸いなことに、柿本の奥さんは大学時代から知っている。葬儀のときにも会っている。もう元気を取り戻しているに違いないと思い、近況を聞くのを兼ねて電話をかけてみた。

思った通り元気な様子だった。私はすぐに用件を切り出した。品川桃子を知っているか否か。

それが質問だった。頭の回転が速い女性なので長い説明を数分でまとめてくれた。

「知っているも何もありませんよ。品川さんは主人にご執心でしたから。パリ留学時代に知り合って、その後もよく電話がかかってきていたそうですよ。彼女には悪いですが、主人は全く関心がなかったようです」

意外な事実を知って驚きはしたが、単なる恋話かと興を削がれもした。品川が浮気性であることは相川達也も認めていることだ。顔立ちのよい新進気鋭の学者だった柿本に好意を持ったとしても不思議ではない。

品川のことが頭から離れたとき、携帯が震えた。情報屋からだった。情報屋には、柳井で山田健一の消息を洗ってもらっていた。

「山田健一はいませんでした」

「それで？」

「もちろん周辺に聞き込みしましたよ。山田健一はこちらの友人たちから旅人と呼ばれているようです。高齢を感じさせない元気な男みたいですね」

「なるほど、で、また旅に出たということか。で、どこに？」

「上海だそうです」

「いつ？」

「一週間前までは日本にいたそうです」

「上海か……」

相川達也も上海だ。二人のあいだに接点でもあるのだろうか。

「それと、こういう情報もつかんできました」

私は黙ったまま、情報屋が話しだすのを待った。

「山田健一を探すために聞き込みした数人が、またか、という顔をしたんです。で訊いてみたら、以前にも訊かれたと言うんですよ。つまり山田健一を探していた人間がいたそうなんです」

「柳原文子だろ？」

「ええ。でも彼女だけじゃないんです」

「ご親戚か？」

「いえ、二人連れの男で、明らかにやくざ者だったそうです」

「いつごろだ？」

「柳原文子さんが山田健一に会ったのは一回目が昨年十二月、二回目が四月中旬だそうです。柳原さんと山田健一は打ち解けた感じだったそうですよ。で、やくざが山田健一に会ったのは四月下旬です」

文子が殺されたのは五月四日だ。

「あんたの話し方は恣意的な情報操作そのものだね。そういう風に時系列を整理してくれるのは、私に文子の死の原因が山田健一を取り巻く裏社会にあると思わせるためだね」

私が笑って言うと、情報屋はそれには答えず、「山田健一は間一髪で命拾いしています」と言った。

私は情報屋の次の言葉を再び待った。

「たまたま夜中にトイレに立ったとき、自分の部屋に押し入る賊に気づいたそうなんです。アパートは共同トイレでしてね。それでパジャマ姿のまま、知り合いのところに逃げてかくまってもらったそうです」

私は先ほどまでの笑いを呑み込み、情報屋に言った。

「別件頼んでいいかな」

「もちろん。どんな案件です？」

太宰府で相川荘三郎とのあいだでの交わした会話や、やつをたたきのめしたことなどを話したあと、「あんたは吉良組には強いかい？」と訊いた。

「その筋の仕事は勘弁してください。前にも言ったはずですが」

「ああ、そうだった。じゃあ、相川達也だったらいいだろ？」

「もっとこわいとも言えますよね」

「表向きは穏やかだよ。それに相川はいま出張中だから、別荘にいるのは品川桃子と秘書ぐらいのものさ。相川不在中は品川をマークしてくれないか」

「相川達也と品川桃子の何を探ればいいんです？」

「いや、二人のことではなく、吉良組の情報が欲しいんだ。相川荘三郎が言うには、文子を殺すメリットが吉良組にあったらしい。臆病者の言い逃れかもしれないがどうも気になってね。で、相川と品川を見張っていれば、吉良組が顔を出すんじゃないかと思った次第だよ」

「尾行ですか」

「それもやって欲しいが、それよりも……」

言葉を濁すと、情報屋はすぐに察してくれた。

「盗聴ですね、やってみましょう」

快諾の言葉にこころ踊る。相川も品川も吉良組と縁が深いのだから何か拾えるかもしれない。

その期待は、はずれなかった。

第四章　品川桃子の裏の顔

1

品川桃子に誘われていた政治家の集金パーティの日がやってきた。主催者は郷原浩輔後援会。名目は古希祝いパーティ。午後一時からのスタートだった。

ホテル・エレガンスは新宿西口にある高級ホテルだ。五分前に着き、受付を済ませた。鳳凰の間は、確か最大スペースだと記憶している。収容人数千名。ほぼ満席に近かった。

シャンデリアときらびやかな壇上が目を射る。一時を少し回ったとき、司会者が開会を告げた。来賓のあいさつが続く。ワイングラスを持ってゆっくりと周囲を見回す。品川桃子と目が合い会釈する。笑顔が返ってきた。飛び柄の付け下げに染め帯、艶やかさで周囲を圧倒している。

「谷島じゃないか」

突然肩をたたかれた。同期の男だった。政治部畑で、確かいまは編集委員だ。

「お目当ては桐山豊水か？」

「桐山？」

郷原代議士のパーティだから小判鮫の桐山が来ていないはずがない。

「人殺しの総会屋か。どこにいる？」

「なんだ桐山を追ってきたんじゃないのか」

顎をしゃくった方を見ると、確かにいた。いつもの和服ではなく、喪服に近い色合いのスーツを身にまとっている。相変わらず恰幅がよく、顔の色艶もよい。ひしゃげた鼻に整形の痕はない。どこで誰にやられたのか、頬から顎にかけて五センチほどの切り傷の痕が見える。

「あんたが頑張ったんで、やつはいま大人しくしているらしい。郷原ともほとんど会っていないぜ。かつては毎日のように赤坂でつるんでいたのにな。郷原は赤坂の愛人と別れたらしいから、もうあの料亭に金を落とす義理はなくなったことが理由かもしれんが。手切れ金はたったの一千万だったたって……」

「それはそれは。でも郷原御大《おんたい》は片時も休んでないだろ？　いま、御大がたくらんでいるのは何だ？」

「それはいろいろさ。いま一番力を入れているのは中国かな」

「尖閣か。神谷に聞いたよ」

「あとはエネルギー」

「原発再稼働か？」

「いや違う。次世代エネルギーの利権争い。いずれは自然エネルギーにシフトする。シェールガス、水素、バイオマス。再稼働再稼働と言っているのは財界向け。当面は経済界にお追従していないと票がとれないからな。しかし、いずれは一気に変わると思っているのさ」

私は話を聞きながらも、品川から片時も目を離さなかった。その視線が気になったのか、

「おまえ、品川のファンなのか？」

「ああ、そうだ」

と返すと、あきれたように肩をすくめて次のテーブルに移っていった。

いま聞いた一連の話を反芻しながら手元のワイングラスを口に運んでいたとき、右頬に視線が突き刺さるのを感じた。ワインのボトルに手を伸ばしながら、視線の方向をちらりと見ると、桐山豊水と目が合った。

桐山は私に右手を振り、にやりと笑った。殺された田所の顔が脳裏に浮かんだ。当然、桐山は私が左遷されたことを知っていて、勝利の美酒に酔っているのだろう。そんなに人殺しが楽しいのか。いずれ塀の中に入れてやるから覚悟してろ！　胸くそが悪くなった。ワイングラスにシャブリを注いで一気に飲み干した。グラスをテーブルに置いて顔を上げると、桐山がいない。見回すと郷原と話し込んでいる。ひとしきり話したあと、二人はテーブル三つほど離れたところにいる品川桃子に近づいていった。桐山が品川の和服姿を上から下まで目で舐め、何やら語りかけている。品川が口に手を当てて笑った。品川はそのあと郷原に深々と頭を下げた。

その光景を見つめているとき、携帯が震えた。情報屋からだった。

「途中経過ですが」

私は会場を出て、ロビー近くのソファに座った。

「品川桃子は三日前から東京にいます」

「知ってるよ。いまホテル・エレガンスにいるんだ」

「ええ、私もそちらにおります」

見回したが情報屋の姿は見えない。

「で？　品川の動きは？」

促すと、情報屋は話し始めた。

「相川達也不在の寂しさを紛らわせる息抜き上京かと思っていたんですが、実はそうではありませんでした。宿泊先は荻窪の豪邸です。吉良益蔵と表札が出てましたので調べたら、吉良組の先代組長の自宅でした。いま九十五歳だそうです。太田黒公園まで散歩する二人を見ましたが、吉良益蔵は年齢を感じさせないほど元気です。杖をついてはいますが、背筋は伸び、顔色もいいです。品川は吉良に寄り添って歩いていました。芸能界に詳しいライターによると、吉良益蔵は品川が子役のときから面倒をみていて、当然のことながら愛人関係にあったそうです」

「いまは？」

「わかりませんが、単なる茶飲み友達になったようですね。そのライターは、品川桃子は年下のインテリが好みで、いまでもイケメンの学者、医師、裁判官、官僚などに色目を使うので有名だと言ってました」

「つまり、じいさんには興味ないということか。相川もかなりの歳だが」

「相川は別格でしょう。人間の器が違いますよ」

「そうだね」私は納得した。

「あ、それから熱海の別荘ですが、品川が不在なので盗聴器の設置は簡単でした。品川が別荘に戻れば、またご報告できると思います。乞うご期待というところです」

礼を言って電話を切ろうとしたとき、情報屋が「もう一つ面白い話があります」と続けた。

「盗聴器を仕掛けたのは私が初めてではありませんでした」

「先客がいたのか、それは面白い。仕掛けたのが誰なのか、興味深いね」

相川の話をこっそり聞きたいと思う人間はごまんといるだろう。別に不思議ではないが、それにしても相川が盗聴器を放っておく理由がわからない。聞きたい者には聞かせようということなのかもしれない。相川だったらそれもあり得ることだと思った。

そして、相川邸を訪れたときのことを思い出した。盗聴器が仕掛けられていることを知っているので本音を話せなかったのか。

情報屋の報告で興味深かったのは、やはり品川桃子と吉良益蔵の関係だ。具体的に二人がどう動いているのかは情報屋の続報を待つしかない。念のため、福岡支局の神谷に確認の電話を入れ

ると、

「暴力団組長の愛人の数なんて両手の指では足りないぜ。品川と先代組長との関係は知らないが、あっても全然違和感ないな。常識の線だから驚くに値せず」

と素っ気なかった。

「おまえが推薦してくれた吉良恒夫は先代の息子なのか?」

「養子だ。恒夫はアメリカのアイビーリーグを出た異色の極道だ。先代に見込まれて次期組長含みで養子に入ったと聞いている」

「相川達也、桐山豊水、品川桃子の三者の関係がいまひとつ見えないんだが」

「同じ穴のむじなだろ。お互いに牽制し合いながら、表では友好の握手をし、裏では陰謀を企てる。蜜月になったかと思えば、数時間後には刺客を送るというのがこの世界の常識。いちいち関係性を考えていても、流れが速いから無駄だぜ」

と再び突き放された。

神谷は多忙なのかいらいらしていた。それなのに、吉良恒夫が先代組長の養子という、貴重な事実を教えてくれてありがたかった。

品川桃子と先代組長が親密で、しかも跡取り養子を迎えているということは、先代は依然として吉良組に影響力を持っているのだろう。ならば、先代の愛人だった品川桃子が吉良組の内情を知っていても不思議ではない。情報屋が仕掛けた盗聴器が発見されないことを願うばかりだ。

会場に戻る前にタブレットで品川桃子を検索してみた。
〈昭和三十五（一九六〇）年三月三日生まれ。本名吉高《きったか》桃子〉
吉高……まさかと思いながら読み進めると、私が知っている吉高の一族だった。

一、来歴・人物
一九六〇年三月三日、東京都品川区に生まれる。松風幼稚園在園中に「トワイライトブルー」の佐絵役でデビュー。松風小学校、同中学校、同女子高等学校とエスカレーター式に進学、その間にも映画出演多数。多忙となったことから高校は中退した。父・吉高真一郎は「國広重工業」社長・会長を経て、日経同（日本経済同盟）の会長を務めた経済人。祖父・吉高国士（きったかくにお）は旧内務省官僚。内務省解体後、公職追放となるも、一九五二年に発足した公安調査庁に返り咲いた。
品川桃子の女優としての実績は申し分のないものだが、現在は仕事を抑え、NPO法人「アジア平和友好映画連盟」の理事として、アジア圏での映画を通じた活動に従事している。

公安の育ての親である吉高国士の孫か……。うさんくさい女だ。タブレットを閉じ、会場に戻った。先ほどと同じ場所につき、ワインはやめてグラスに満たされたミネラルウォーターをひと口飲んだとき、やわらかい香りが鼻先に漂ってきた。

振り向くと品川桃子が皺一つない顔に笑みをたたえて立っている。

「もうお飲みにならないの？」

「これ以上人生を惨めなものにしたくないですから」

「何かありましたの？」

「何もありません。あなたがあのお二人と親しげにお話しされている光景を見て楽しんでおりました」

「ずいぶんとトゲのあるおっしゃりようね。お気持ちはわかりますけど」

「ちょうどよかった」

私はつとめて明るい表情をつくった。

「品川さんに教えていただきたいことがあるんです」

「私が谷島さんにしてさしあげられることといえば、相川のことだけですよ。先ほどのお二人は立ち話程度の関係ですので」

大げさにため息をついたが、リアリティ欠如の下手くそな演技だった。

「いえ、相川先生のことではありません。お聞きしたいのは吉良組についてです」

「吉良組って、もしかして暴力団の……ですか？　私、その世界のことは存じ上げませんのでお答えできかねます」

品川は困った表情で懇願するようにわずかに上目遣いで私を見つめている。

品川の癖がひとつわかった。嘘をつくときは下手な演技、困ったときは媚びのばらまき。癖がわかれば会話をリードできる。

「相川先生は気を遣って危ない世界のことはあなたに話されていないのですね。おやさしい方だ」

品川は「ええまあ」とあいまいに返す。背筋は伸びているのに、しなだれかかってくるような雰囲気の品川を見ながら、一つ嘘を思いついた。

グラスの水を口に運んだあと言った。

「吉良組に詳しいルポライターに聞いた、気になることがあるんですよ」

「どんなことですの？」

「柿本浩二郎は吉良組に殺されたのだそうです。殺害を指示したのは先代組長の吉良益蔵で、実行したのは吉良恒夫。用意周到に自殺に見せかけたのはアメリカ留学経験のある頭脳派ならではなのだそうです。世界に誇る日本の警察を見事にあざむいたんですからね。それだけでも驚くべきことですが、柿本殺害の動機を聞いたとき、ちょっと信じられない気持ちになりました」

品川の表情は変わらない。それは当然だ、すべてつくり話なのだから。品川もそれをわかっている。私は続けた。

「動機は嫉妬なんだそうです。先代組長の愛人の一人が柿本浩二郎といい仲になって、それが先代の知るところとなったそうです」

「世の中にはよくある話ですわね」

品川はさもつまらなさそうに言った。下手な演技と言えなくもない。媚びの色はないので困惑はしていないようだ。

「ええ、殺人の動機としてはごくありふれています」

「それで、谷島さんはどうしてその話を私にされたんですの？」

「相川先生からそのことを聞かれていないかと思っただけです」

「いえ、聞いておりません」

「では、この話はどうですか。最近のことですが、相川先生の弟さんが吉良組に脅されているそうです」

「それが何か？」

品川の質問を無視して私は続けた。

「相川先生の弟さんは過去に殺人を犯していたようで、そのことを吉良組に知られたのです。録音されたテープをネタに脅されているというわけです。その噂を聞いたとき、不思議に思ったんです。その程度のことだったら相川先生のひと言で解決するのに、なぜそれができないのか」

「相川はそういった下世話な案件には関与しないんですのよ。いま、世界平和のための大きな仕事を抱えておりますので」

「では、あなたにお願いできませんか」

と言うと、品川桃子は小首を傾げた。子供っぽいそのしぐさは、下手な演技なのか媚びなのか判断がつかない。

「つまり、録音テープを吉良組から奪っていただきたいのです」

品川は私から目をそらしてワイングラスを口に運んだあと、上目遣いに私を見つめてきた。

「おっしゃっている意味がわかりませんわ」

「あなたならそれができると思います」

品川がさらに私を見る。私は品川の視線を無視して続けた。

「先ほどの柿本浩二郎の話に戻りますが、先代組長が嫉妬して柿本殺害を命じたと申しましたが、逆の話もあります。つまり、先代組長の愛人の一人が柿本に袖にされたのを恨んで柿本殺害を先代組長に頼んだという噂です」

「別世界のお話は面白いですけど、あいにく私には興味が持てませんわ」

「それは残念です。交換条件も用意していたのですが」

「は？」

「いまの話を公にしないということです」

品川が含み笑いをした。そんなものでは交換条件にはならないという意思表示と、私は理解した。

「では、もう少し譲歩いたしましょう。こういうのはどうです？」

「……」

「柳原文子を殺した人間が吉良組の構成員だということはわかっています。殺人を依頼したのは柿本の件と同じ人間です。理由も同じ、嫉妬です。この件に関しても公にしない、いかがです？」

品川の上目遣いが消えた。目尻にかすかに見える皺が瞬間動いた。そして別の表情が浮かび上がってきた。明らかに怒りを含んでいる。

「法律のことは存じませんが、侮辱罪、名誉毀損、いろいろな罪状がつきますよ、いまのあなたの発言には」

「その程度なら平気ですよ。殺人罪、共謀罪よりは刑期が短いですから」

品川桃子はワイングラスをテーブルに置いて私の元から離れていった。私の理不尽なもの言いが品川を怒らせたようだが、それは意識的にやったことだ。公安幹部の祖父、日本を代表する兵器製造企業の重鎮である父親が品川と無関係だとしても、とにかく許されざる匂いを感じとってしまったのだ。実に子供じみた理由だが、品川に受け継がれたＤＮＡがいまの彼女の行動を規定していないとは断言できない。

2

翌朝早くに携帯の受信音でたたき起こされた。寝袋のジッパーをあけて、寝ぼけ眼のままデスクの上に置きっぱなしの携帯を取り、耳に当てた。

「木内靖夫が指名手配されたぜ」

一気に目が覚めた。

「容疑は？」

「横領だ。木内は三年前まで兵器部門の部長をしていたらしい。そのとき、海外との売買時に賄賂を受け取ったそうだ。国内、海外の関係者複数が証言している。金額は三年間で累計二億五千万。本来会社に入る金を着服した。それだけ木内は決裁権を持っていたということになる」

「木内は行方不明のはずだが」

「上海に逃亡している」

警視庁詰めキャップに情報をくれた礼を言うと、キャップは気をよくしたのか、さらに話し始めた。

「捜査人が上海に飛んだが、いまだ木内を発見できないようだ。上海には虹橋方面に日本人街があるし、日本人会もある。そのあたりでも情報を得られていないということは、容疑者は相当上海に詳しいんだろうな。あるいは変装して日本人街に溶け込んでいるのか。日本人居住者は五万人以上いるからな」

「木内は商社マンだから、同僚にでも聞けば情報を得られるだろう。しかも、上海は謀略のるつぼと言われて、複雑に出来上がっているそうだから、身を隠すには恰好の場所だな」

と言うと、キャップは同意した。

「だと思う。過去も現在も海外逃亡に成功したケースがあるからな。でも結局は捕まる。あるいは警察よりもっと強力な捜査網に居所を発見されるというパターンもあるし」

「暴力団か？」

と訊くと、

「そうだ。おおむね惨殺される」

「で、今回はその線は？」

尋ねると、キャップは即座に否定した。

「ない。警察もそれは全く想定していない」

「警察が暴力団の線を無視しているのかい？」

「個人的な犯罪とみているんだろう。やつの周囲から暴力団の噂は出てない」


文子の婚約者だった山崎宗一郎に電話を入れたのは確認したいことがあったからだ。山崎はすぐに電話に出たが、声に以前の力強さがない。恋人を亡くした哀しみと、容疑者にされた怒りで、彼にとっては一生に一度あるかないかの苦い体験をしたのだ。

山崎は私の質問にこう答えた。

「部屋の中はいまも荒らされたままです。とにかくずたずたにされたので、片づけたり元通りにする気力も起きません」

「盗まれたものは？」

「現金だけです」

「警察は何と言っているんですか」

「泥棒にやられたね、でした」

「妙なことをお訊きしますが、文子さんから預かったものはありませんか」

「ありません。結婚しても家計は別々でと話し合いがついていましたし、お互いに依存しない生活がしたいという彼女の気持ちを尊重していました」

「ああ、預金通帳とかではなくてですね、例えば、資料のようなものを保管して欲しいということはなかったですか」

「ありませんよ。何かあったのですか？」

私は礼を言って電話を切った。次に智彦の番号を押した。先ほどと同じ質問をした。私と山崎の家が荒らされたのだから、敵が文子の実家を物色しないはずはないと思ったのだ。しかし、私の考えははずれた。荒らされてないと言う。

そこで智彦に一つの提案をした。東京に呼び寄せようと思ったのだ。

「こちらに来ないかい。手伝って欲しいことがあるんだ」

と言うと、智彦は即答した。

「行きます！」

相川達也と品川桃子からもっと情報を入手したい。情報屋は大きな戦力だが、もう一枚加えたかった。それに、文子の死に関する真相究明は実の息子がやった方がいい。

「よし決まりだ。少しハードな仕事になるかもしれないが」

「あ、そうだ、東京に住んでいる友達が大型バイクを持っているので、それを借ります。運転には自信があります」

智彦を危険にさらすことになるかもしれない。それでも智彦を巻き込むことに躊躇いはなかった。


智彦が借りてきたバイクは排気量一二〇〇のＢＭＷ・ＲＳだった。ヘルメットが二つ用意されている。理由を訊くと、「谷島さんを救い出したあと、このバイクで逃げなくちゃいけないでしょう」と言う。現実感に満ちた言葉だった。

情報屋を呼び出し、智彦を引き合わせた。智彦と情報屋は身長がほぼ同じ。二人とも慎み深く、言葉と行動に慎重だという点で似ている。

「このＢＭＷは大きな武器ですよ。吉良組のチンピラあたりをはね飛ばすこともできる」

情報屋は珍しく興奮気味なので尋ねてみると、

「根っからの二輪フリークなんです。もっとも私の場合はオフロードでツーリング専門でしたが。

いま？　もう乗りません、視力がついていかない」

相川はまだ帰国していないので、智彦には品川桃子の尾行を頼んだ。吉良益蔵を手玉にとっているのだ。張っていればたくさんの証拠をつかむことができるはずだ。情報屋にも品川桃子を見張ってもらいたいと伝えた。

「盗聴器で動きがわかったら智彦くんと連携すればいいんですね」

私は頷いた。

「品川の化けの皮を剝がしてくれ」

「わかりました。きれいな蜘蛛には毒がありますから」

「私は吉良に張りつく」

と言うと、二人が同時に「え？」と言った。続いて情報屋がにやにや笑って、言った。

「くれぐれも煮たり焼いたりしないでくださいね。谷島さんが警察のご厄介になると、私は食いっぱぐれますので」

「文子の死に吉良組が関わっているのは確かだと思うが、その理由がいまひとつわからない。知っているのは品川と、品川とつるんだ郷原だ。郷原の化けの皮を剝がさないといけない。というよりやつを塀の中に落とさないと気が済まないんだ」

「部下を殺されましたしね」

「法律なんてのがなければ八つ裂きにしているところだ」

「相変わらず物騒な人だ」と情報屋が笑った。

これまで幾度となく法律に行動を制限されてきた。新聞記者という社会的立場があるし、逆に法律に守られてきた甘い存在でもあるのだから文句は言えない。だが、いまはひたすら法律の存在がうっとうしい。なぜなら司法が機能していないからだ。三権分立？　笑わせるなよ。

「早速、これから吉良恒夫に電話を入れて会うことにする」

と言うと、再び二人が「え？」と驚いて私を見たが、今度は二人とも続く言葉を出さなかった。

智彦がバイクで颯爽と走り去り、情報屋が長身を折り曲げるようにして駅の方に歩いていくのを見送ったあと、吉良組の事務所に電話を入れた。すぐに軽薄そうな男の声が流れてきた。私は名前と職業を名乗った。

「吉良恒夫さんとお話ししたいんですが」

「何のご用でしょう」

「吉良さんでないと通じない話です」

突き放すと、別の男が出た。

「吉良にどんなご用ですか」

最初のチンピラとは比較にならないほど落ち着いた口調だった。本人しか通じない話だと同じことを言った。

「吉良は不在です。不在中は私にすべてが任されていますので、ご用件をおっしゃっていただけますか」

「半年前のひき逃げ事件についてです。うちに投書がありましてね。終わった事件とはいえ、新聞社に投書という形で告発するとはよほどの事情があると思ったわけです。読者の立場に立つ私どもとしては、一応確認をとっておかないといけないと思いましてね。ご存じのように、道路交通法違反の時効は三年ですから、まだ切れていません。刑法の業務上過失致死なら五年、殺人罪ならもっと長いですからね」

「それでどうしろとおっしゃるのですか」

「とにかく一度吉良恒夫さんと会って話したいんですが」

「留守だと申したはずですが」

「投書を出した方は複数の目撃者の証言と写真を入手しているそうです」

「馬鹿な、目撃者はちゃんと証言したはずだ」

「そのあたりも含めて取材に応じて欲しいんですがね」

「あんた、ずいぶん大口たたくじゃねえか」

ようやく地金が出てきた。

「あなた方としても聞いてみたい情報だと思いますが。どうでしょう、一度吉良さんにお時間をとってもらうよう取り計らっていただけませんか」

私は携帯の番号を告げて電話を切った。

吉良恒夫から電話があったのはそれから十分と経っていなかった。吉良はそれが癖であるのか、あいさつ抜きで面会の場所と時間を指定してきた。明日午後一時、ホテル霞山の一階ロビーということだった。携帯電話を二つに折ってポケットにしまった。

翌日一時五分前に吉良恒夫との約束の場所に着いた。

ホテル霞山は東京で五指に入るグレードだと聞いていた。一階ロビーは広く、従業員が忙《せわ》しなく立ち働いていた。肘掛けのないソファが適度に配置されていた。私は奥にあるコーヒーラウンジに向かった。

コーヒーを頼み、キオスクで買った週刊誌をテーブルに置いたとき、二人連れが近づいてきた。

「谷島さんですか」

一歩前を歩く男が目印である週刊誌に目をやったあと言った。中肉中背だが肩から胸にかけての筋肉の盛り上がりが背広を通してもわかる。ハーフを思わせる彫りの深い顔立ちで、人工的に焼いたものだとすぐにわかるほど不自然に浅黒い。私と同じように目が細く、目の奥の光は強く鋭かった。

「私が吉良です」

姿形から想像したのとは違う甲高い声だ。そんな吉良から一歩ほど離れて立ちつくしている男がいる。ずんぐりした体型は鈍重な牛を思わせた。艶のないどす黒い皮膚、猪首、目の下から口の端にかけて薄く見える三日月型の切り傷、左小指は第二関節から欠損していた。

「そちらの方は？」

猪首を目で指した。

「興行部門の責任者です。プロレスに関して私はほとんどノータッチなものですから、詳しい話は静山にと思いましてね」

静山と呼ばれた男は表情を変えないまま深海魚のような暗い目でじっと私を見ている。苗字にふさわしく寡黙な男だったが、本当のところは百八十度違う性格なのだろう。

ところで、と吉良は切りだし、

「あまり時間がとれませんので、手短に願いたいですな」

「内容は電話でお話しした通りなんです。投書は匿名ではありませんので、冷やかしやいたずらの類でないことは最初に申し上げておきます。投書は複数来ていましてね、事故現場を立ち去る車に乗っていたのはプロレスラーの藤王丸に間違いないというものです」

「それについては、すでに警察の判断が出ていますよ」

「別の目撃者が証言すれば判断は覆ります。それだけではありません」

「と言いますと？」

微笑みには少しの変化もない。

「柳川での目撃者もいます」

「ほー」吉良は胸をいくぶんそらした。

「目撃者は証言を覆しましたが、残念ながらプロレスラーを見た人は他にもたくさんいるようです。柳川の料亭の女将の証言も嘘らしい。柳川から箱崎まで二時間ほどかかります。時間的に合わないとして立件しなかったようですが、証言をしてもいいという人が数人現れているんですよ」

「……」

吉良が黙っているので、私はさらに静かな口調で続けた。

「目撃者と料亭の女将に吉良組が圧力をかけたというのが一般的な見方ですが、それも複数の証言が出てくれば、圧力も無力化するでしょう」

吉良組、圧力という言葉を出したとき、吉良恒夫の眉がわずかに動いたが、他には表情の変化はなかった。

「で、私にどうしろとおっしゃるんです？」

「吉良さん、ここからはあなたと二人だけで話したいんですが」

「私だけだと質問に答えられないと思いますよ。だから静山を同行させたんですから」

「質問なんかしませんよ」

「じゃあ何を？」

「取引です。大人の取引は大人同士でやるのがよろしいのではないですか」

私が言うと、猪首が気色ばんだ。

「あんた、言葉に気をつけなよ」

くぐもった声だが威圧感があった。吉良は目で制し、

「わかりやすく言ってもらえませんか」

「ひき逃げ事件のことは、はっきり言ってどうでもいいんですよ」

「それはどういう意味です？」

「某政治家が怯えておられるという噂がありましてね。何かお役に立てればと思っているんですよ」

私は吉良の表情の変化を探したが、全く変わらない。肝の据わり方が違うようだ。

「何のことだかわかりませんね。わからないというのはあなたのことですよ。事情はよく知らないが、私を呼び出した理由は別にあった。つまり嘘をついたということになりますな」

「嘘は嘘ですが、そうでもしないとこうやって会うことはできなかったでしょう。それに」

「それに、なんですか？」

「ここからは二人だけでお話ししたい」

吉良恒夫は頷き、猪首に「外で待ってろ」と言った。猪首は私をひとにらみしたあと去っていった。

「さあ、あなたの望み通り二人きりになりましたよ。どうぞお話しください」

「話すのはあなたです。私が聞きたいことはいま申しました。具体的な名前も必要ですか？」

「谷島さん、あなたは大したお方だ」

「取引です。ビジネスはお得意でしょう」

「ええまあ。でもあなたがそれなりの対価を払えるとは思えないですな」

「対価は先ほどのひき逃げ事件で支払いましょう。あの事件が蒸し返されれば、興行収入は確実に減るでしょう。それに車は盗難車というではないですか。三号線を猛スピードで博多方面に向かって走っていたそうですが、その車はどこに行こうとしていたんでしょうか？　博多埠頭での目撃者もいますよ」

悠然としていた吉良の顔から表情が抜け落ちた。視線を微妙にずらしている。

「まだ足りませんか？　足りないならば、柿本教授のこともプラスしましょうか」

私が念を押すと、吉良はようやく表情を戻し、

「それにしても、大日新聞の方にしてはルール違反が多すぎるようですな」

「背広を脱いだり着たりするのにルールなんて要りません」

吉良が笑った。

「左遷されて大人しくなったと言われていたようだが、そうではなかったようですな」

「上からの圧力にも屈しないなら、次は個人的な暴力ですか？」

私が笑ってみせると、

「うちはそういう団体ではないですよ」

吉良の話を無視してさらに続けた。

「プロレスラーとおたくたちの黒いビジネスのことは、社内で情報共有していますので判断を誤らないでください」

「遺書まで書かれてはいないでしょう」

「しっかりと書いてますよ。あなた方のことを詳細に。柿本はその点、うかつだった」

「……」

吉良恒夫は黙ったが、口元に笑みを浮かべている。

「で、どうなんです？　私が知りたいのは某政治家の悪事のことではありません。その大物政治家が怯えている理由、知りたいのはそれだけです。別に大したことではないでしょう」

「おっしゃっている意味がわかりません」

「私の自宅を家探ししたことも、その大物政治家と関係がありますね」

嚙み合わない話をぶつけると、

「何のことです？」

と素っ気ない疑問符で返答した。

「私の家は見るも無惨に荒らされました。何をお探しか知りませんが、私は何も持っていないし、何も知りませんよ。だからこうやってあなたに教えてもらおうと頭を下げているんです」

「泥棒が入ったのでしょう。われわれには関係のないことです」

「証拠もありますよ」

吉良恒夫は表情を変えないまま黙った。

「取引としてはいい条件でしょう。あなたは大物政治家が怯えている理由を教えてくれるだけでいいのですから」

「計算に弱いもので」

「そんなことはない。あなたは次期組長を確約されている。いまどき切った張っただけでは組の経営は成り立ちませんからね、あなたこそが適役だと吉良益蔵さんも品川桃子さんも太鼓判を押したのではないですか」

吉良恒夫の目が鋭利な刃物に変わった。二人の名前を出したことが吉良恒夫を揺さぶったことは明白だった。種は蒔いた。あとは勝手に育ってくれと願うのみだった。

吉良恒夫はまたたきを繰り返したあと、ようやく言葉を出した。

「時間がもったいないので端的にお答えしましょう。再三にわたり脅迫されているのですよ、どこの誰だかわからない者から。そんなことには慣れているはずなのに、今回はこわがっていましてね。いたいけな子供のように震えている。かわいそうじゃないですか、助けてあげないと」

「どうすれば郷原代議士を助けられるんです?」

再び個人名を出したのだが、今度は吉良恒夫の表情に変化はなかった。

「あなたの想像はあながち間違ってはいません、それで回答にしてもらえませんか」

「つまり、探し物はまだ見つかっていないということですね」

「大物政治家はいまも怯えていますから、そういうことでしょう」

「柳原文子がその探し物の在り処を明かさなかったから殺した、ということですか」

吉良恒夫は即答した。

「物騒なこと言わないでください。柳原文子ってどなたです？　万が一、その女性がブツを持っていたとしてもですよ、殺したりはしないでしょう。殺した時点でブツの在り処がわからなくなるわけですから」

「普通に考えればそうです、冷静な人であればね。でもものの道理がわからないチンピラ風情だったらどうでしょう。口を割らない女に腹を立てて刺す、ってことは可能性としてはありでしょう」

吉良恒夫は笑った。

「思い出しましたよ。彼女は病死でしょう。なのにどうして殺人の話になるんです？」

「病死なんかじゃありません。ご存じなはずなのに、しらっとした顔で嘘を言わないでくださいね。私はすでに品川さんから、あれは他殺だと聞いています」

吉良の目が再び光った。単にブラフをかけただけなのに、吉良の反応を見ると、これまで根拠のない想像だと思っていたことが真実のように思えてきた。数秒、沈黙したあと、私は言った。

「約束は守ります。プロレス興行にもクスリの密売にも私は興味ありませんのでね」

「谷島さん、あなたとはウマが合いそうだ」

吉良の目は穏やかになっていた。私は伝票を持って席を立った。

やはり、「探し物」というのは私が預かったものとは違うようだ。日記と翻訳原稿にそれなりの価値があるとはとうてい思えない。

しかし、吉良と会って以降、尾行がつくようになった。チンピラの尾行など、大したことはない。

3

翌日の十時過ぎに社史編纂室に入ってきた情報屋はパイプ椅子に座り、鞄から小さな録音機を取り出してデスクに置いた。

朝の電話で、品川桃子が相川達也を裏切っている、という話を聞いたとき、その信憑性を疑っていた。

「論より証拠です。まずは聴いてください」

と、情報屋はいつになく顔をほてらせて録音機を操作した。電話機に仕掛けたものではないので品川の声だけしか録音されておらず、相手の言葉はわからない。会話の中身は想像するしかないのだが、意外と簡単にわかった。盗聴器が拾った品川桃子の声が録音テープから流れてくる。

「パパ、私もう我慢できないわ。新聞記者ごときに馬鹿にされるのは嫌よ。根も葉もないことで絡んでくるんですもの。柿本のことをつついてくるのよ。私は関係ないからいいけど、パパに何かあるかもしれないと思うと泣きたくなるわ。柳原文子とかいう女のことも、私のせいだと言わんばかりなの。無関係なのに。だって、あれはパパのところの事情だったんでしょ。腹が立つわ。何でもかんでも私のせいにしようとするのよ、あの新聞記者！」

録音テープはそこで雑音が入った。が、すぐに鮮明な音質に戻った。

「恒夫さんという立派な跡取りがいるんだから、パパはもう余生を私とゆっくり過ごしましょうよ。パパは充分働いてきたんだから、あとは若い人たちにお任せすれば。例の探し物のことは私にはわからないけど、パパや郷原さんが心配するぐらいだからよほどのことだというのはわかるわ。私なりに協力はするつもりよ。でもそれとこれとは別よ。え？　同じだって？　あの新聞記者……そうよ、柳原文子の恋人だったらしいわ。その探し物があの小娘とどう関係があるの？　私がどうにかしてあげるわ。新聞記者から何を聞き出せばいいの？　いったい探し物って何なのよ？　言えないの？　まあ、いいわ。殿方の世界には口を挟まないことにします」

品川桃子の苛立ちが伝わってきた。おそらく会話の相手である吉良益蔵は耳が遠いのだろう。会話がかみ合わないのかもしれない。

品川の声しか聞こえないのにもかかわらず、会話の内容は手に取るように理解できた。録音テープはさらに続いた。

「郷原さんも腹が据わっていないわね。政治家って小心なくせに偉ぶってばかりね。それなのに、演技だけは上手。パーティのときなんか、世界はおれ様のもの、みたいな態度だったわよ。政治生命をなくすかもしれない瀬戸際だということをパパに聞いていたから、思わず笑いそうになったわよ。え？　郷原さんと私が？　馬鹿なこと言わないの。あんな豚の丸焼きみたいな人、見ているだけで吐きたくなるわ。え？　恒夫さん？　また始まった、パパの嫉妬も相当なものね。ご安心くださいな、私はパパだけだから」

情報屋は私の視線を受けてにやりと笑った。

「私の仕事は事実をお伝えすることですから」

「大収穫だよ」

「ところで探し物って何なんです？」

情報屋が興味深げに訊く。知らない、と即答した。情報屋は納得した風ではなかったが、本当に私は知らないのだ。

「知っていれば動きやすいんだが、残念ながら、探し物が何なのか見当もついていないのさ」

情報屋は頷き、話題を変えた。

「そもそも郷原という政治屋は根性なしで有名ですよね」

「へー、そうなのかい」

「こういう話を聞いたことがありますか」と言い、情報屋は続けた。「郷原浩介は右翼団体に脅されていましてね。かれこれ三年ほど前のことですが。で、やつは公安OBを紹介してもらって、問題の解決を頼んだんです。月二百万の報酬。二年ほどでうまく解決しましてね。それまで郷原はその公安OBに頻繁に電話して進捗状況を確認していたそうなんです。でも身辺にまとわりついていた右翼がきれいにいなくなったとたん、その公安OBの銀行口座に二千万を振り込み、その後は一切連絡を絶ったそうです、OBが電話すると、その番号はすでに使われていなかった。二千万は口止め料のつもりなんでしょうが、人の口に戸は立てられない。永遠の真理です」

「興味深い話だな。必要になったら郷原にそのネタでアプローチするのも一つの手だな、リスクは大きいが。まあ、それは時機をうかがいながらやってみよう」

私はそう答えたが、次の一手をすでに考えていて、その際にはいま情報屋から聞いた逸話を使おうと思っていた。

「政治家が右翼左翼問わず脅されることは珍しくもないですが、先ほどの話で面白いのは、郷原の態度ですよ。公安OBも郷原の色を失った言動に笑っていましたよ。あれほどらしくない政治家は初めて見たと」

私は、それは違うと思った。郷原の小心が事実だとしても、正体を失うほど取り乱したのは、その脅しが強烈なものだったからだろう。だからこそ何千万もの金をつぎ込んだのだ。

私が黙っていると、情報屋は再び話題を変えた。

「谷島さんが追っていた事件、ODA関係でしたよね。だいたいリベート率は請負額の十パーセント、百億で十億が相場ですね。油田となると百億では済みませんが。ＯＤＡは政府開発援助と訳されているので、一見政府主導で進められる友好国に対する良心的支援と思われていますが、実態はなんのことはない、ほとんどが商社やゼネコンが事業計画を立て、援助を受けたい国に打診します。いわゆる『仕込み』と呼ばれるやつですね。あとは複数の商社間で談合し、形だけの入札を行い、企画したところが落札するという流れです。仕込んだ会社が落札するのが暗黙のルールとなっています。

そして仕込みの課程で必要なのがリベートです。十年ほど前に『改正不正競争防止法』が施行されてから、捜査当局も企業のリベート体質にメスを入れる動きが活発化していますが、長年の慣習はそう簡単に改められません。経理処理は、ペーパーカンパニー経由や、息のかかったコンサルタント会社にアドバイスを受けた形にするというのが一般的です。国税当局がいくら頑張っても、経理書類はきちんと揃っているので、そう簡単には摘発できない。こんなこと谷島さんは先刻ご承知のことでしょうけど」

「詳しいね。さらに付け加えるなら、一千億プロジェクトだから百億のリベートということになる。かかわるのは会社だけでなく、当然政治家、政治家への仲介者にも金が流れる。それだけじゃない、こういったことには必ず暴力団がかかわるから、そこにも流れていく。具体的には民自党の郷原代議士、右翼のドンである桐山豊水に、というわけだ。

暴対法ができてから警察も暴力団も大半が関係を絶っている。山口組は通達を出して、警察との情報交換は一切しないと明言した。そういう状況の中で、いま警察は右翼団体を隠れ蓑として使う方向になっている。暴力団の上部あるいは下部には右翼団体がセットでついているからね。こんな話、あんたには釈迦に説法だな」

　情報屋は、はははと笑い、

「おさらいという意味で、お互いに有意義な独白でしたね」

「そういう話を持ち出したあんたの意図は理解できるし、あんたの思っている通りなんだろうね」

「探し物は、郷原がかかわっているカラリネン油田に関するものでしょう」

　私は頷いた。

「前提が一致したところでつかぬことを訊くけど」

「なんなりと」

「あんたはいつも貴重な情報を拾ってきてくれるが、どうやって入手するんだ？」

「蛇の道は蛇ですよ」

「いつもそのひと言で煙に巻くけど、もう少しサービス精神出してもいいんじゃないの」

　笑いながら言うと、情報屋が話し始めた。

「例えば、調べたい人間が桐山豊水とすればですね、やつの愛人に密着するんです。これは常套手段で、なおかつ最善の方法です。具体的に言えば、相川邸に仕掛けたように盗聴ですね。あと住居侵入、銀行口座明細の入手とかです」

「意外とシンプルなんだね」

「シンプルを突き詰めると卓越した技術に変化するわけです。他にもありますが、企業秘密ということで」情報屋は笑い、さて、と言いながら腰を上げた。


翌日、情報屋から連絡が入った。声は落ち着いていたが、話す内容はそれなりに貴重なものだった。

「品川桃子が盗聴器を見つけてしまいました」

「簡単に見つけられるものなのかい?」

「各部屋に一台ずつ設置しました。寝室はサイドテーブルの引き出しに細工して隠しましたし、リビングはソファの裏素材を切り抜いて挿入といった具合です」

「つまり、素人では無理なんだね」

「一台だけならわからんでもないんですが、部屋に設置したすべてが機能しなくなっています。盗聴器感知機で部屋中しらみつぶしに調べたんでしょう」

「いつから?」

「昨夜からです」

吉良恒夫の指示だろうか? 品川桃子の名前を出したことで、当然不審に思ったはずだ。可能性としてはあり得る。

「盗聴器が機能しないとなると、ますます汗をかく調査が必要になるね。いままで以上によろしく頼むよ」

情報屋は「了解しました」と答えた。電話を切る前に、疑問に思っていたことを口に出した。

「相川邸に設置されている監視カメラをどうやってくぐり抜けたんだい？」

「なかったです。セコムもなし。大物は違いますね」

情報屋は笑った。電話を切ったあとすぐに携帯が震えた。品川を見張っている智彦からだと思い携帯を開くと、情報屋の名前が表示されている。

「どうした？」

「盗聴器が一個だけ生きていました」

「どういうことだ」

「見つからなかったようですよ。こちらの勝ちです」

情報屋が珍しく高笑いした。

十分後に社史編纂室のドアがノックされた。アルバイトの女子大生は二日連続で休暇をとっている。情報屋はいつものようにデスクを挟んで真向かいに座った。

「実は相川邸には監視カメラがあったようなんです」

「それにあんたの姿が映っていたのか。身元がばれて大丈夫なのかい？」

「ご心配はありがたいのですが、こちらはプロですから用意周到にどこの誰だかわからないようにしています。黒ずくめの服、サングラス、マスク、手袋を着用していますし。実際、品川桃子は侵入者は特定できないの、と言ってますんで」

「それは命拾いしたな」

「監視カメラは一か所だけに設置していたようです。どこだと思います？」

私は考えをめぐらせたが思いつかない。

「相川達也の寝室です」

「なるほどね」私は思わず笑った。「外部からの侵入者のためではなく、相川達也の動静を探るための監視カメラというわけか。品川桃子の腹の中が見えてきたな」

「意外と頭のいい女です」

「それはどうかな、感情の赴くままだろ。策謀家ではないし」

「いえいえわかりませんよ。相川達也と吉良益蔵だけでなく、吉良恒夫まで籠絡《ろうらく》しているんですからね」

「吉良恒夫を籠絡した？　それは事実なのかい？」

情報屋は私の疑問を無視した。

「生き残った盗聴器はエンジンルームに仕掛けたものです」

「車の中にまで仕掛けているとは思いつかなかったというわけか」

「いえ、探したのでしょうが、見つけられなかったのだと思います。探知機でも探せない最先端のものですから」

「その最先端マシンは吉良恒夫のどういった秘密を教えてくれたんだい？」

情報屋は答えることなく、「まあ、聴いてください」と録音テープのスイッチをオンにした。

品川桃子の甘ったるい声が流れてきた。

「自信家の恒夫さんでも妬《や》くのね、おかしい」

「姐《あね》さん、からかわないでください」

「私、姐さんじゃないわよ。あなたの世界の人間じゃないんだから。お互い、言葉には気をつけましょう。でないと、私たちのことがパパに知られたら、どうなるかわからないはずないでしょう」

「うちの組に私は必要不可欠の存在ですから」

「だめだめ、そういうのを過信というの。やっと日本の慣習に慣れたと思っていたけど、まだまだね。指が何本あっても足りないわ。それにね、パパはあなたが思っているほど甘くはないわよ。自分の子供であろうが情け容赦ないんだから。だめよ、いま私たちのことがパパに知られたら、あなたも私も地獄行き」

「本望です」

「何を馬鹿なこと言ってるの。生きているからこその極楽よ。この関係を私は失いたくない。だって、恒夫さんはこれまで会った男の中で一番ですもの」

情報屋がテープを早送りした。理由を聞くと、

「品川桃子のあえぎ声を聞きたいとか言わないでくださいよ」

「女優だから演技はうまいんだろう」

「演技とは思えないなまめかしさです。お聞きになります？」

「いや、いい」

「場所はホテル・エレガンスの地下駐車場のようです。吉良組の息がかかったホテルですから、スイートと複数の部屋、それに駐車場の奥まった所に十台分を確保しているようです」

「人目を避けて車の中で逢い引きか。情けないな」

「谷島さん、お言葉ですがそれは認識不足というものですよ。彼らが使っているのはメルセデスSクラスのリムジン仕様です。ホテルの部屋より豪華です」

「なるほど、お嬢さん育ちの男好きにとってはプライドがくすぐられるってことか」

「億はするでしょう」

情報屋は無表情で早送りボタンを止め、再生ボタンをオンにした。再び二人の会話が流れてくる。

「ねえ恒夫さん、柳原文子を殺したのは誰なの？　そっと教えてくれない」

「彼女は病死ですよ。そう聞いていますが」

「ウソ！　新聞に書いてないわよ。三階から飛び降りたのを目撃した人がいるって書いてあった

でしょう、殺されたのよ」

「姐さん、その件には首を突っ込まない方がよろしいですよ」

「また姐さんって言う」

「すみません。以後、気をつけます」

「素直なところがつねさんのいいところね」

「ありがとうございます。いまの話ですが、柳原文子のことは先代から箝口令《かんこうれい》が敷かれているんです」

「でも、郷原という政治家が恐れをなしているのは、彼女が持っていた何かで脅されているからでしょう。それが何かも教えてくれないの？」

「勘弁してください」

「そんなに重要なものなのに、なぜ彼女を殺したのかしら。薬とかいろいろやり方はあったでしように。やはり下っ端がことにあたるとろくなことがないわね」

「下っ端ではないですよ」

「え？　じゃあ幹部？　まさかつねさんじゃないでしょうね」

しばらく沈黙のあと、吉良恒夫が言った。

「私ですよ」

「冗談は言わないでよ」

「私です、あの女を刺したのは」

「刺しただけで殺してはいないのね。じゃあ、病死したというのはどういうことなの?」

「そのあたりは私の守備範囲外でして。私がやつを刺したのは確かです。やつは死に際に助けを求めるように這いずり回ってベランダに行き、飛び降りた。私から逃げることが助かる道だと思ったんでしょう。しかし、やつは百パーセント死んでいます」

「ずいぶん自信があるのね」

「私も修羅場をくぐっておりますのでね。生かさず殺さずの加減、必殺の方法などすべて心得ております」

「何度も訊くようだけど、さっき言った病死って何のことなの? 彼女はつねさんに刺されて死んだんでしょう」

「事情があるんですよ。病院側の事情が。警察沙汰になると病院の信用にかかわるじゃないですか。そのためにいろいろと細工したんでしょう」

「私はそんな世界のこと知らないからわからないわ」

「知る必要はないですよ」

「わかった。つねさんを信じてるから、もう何も口を挟まない。でも、さっきの件だけは教えて」

「何です?」

「あの女を殺した理由よ。死んだら口なしでしょうに」

「私をこけにしたからです。あんたのようなアメリカで遊びだけを覚えてきた軽薄な人間はしばらく刑務所で奉公するべきだ、とまあ、そんなことを言われて」

「プライドを守るためってことなのね。殿方はいつもそれに固執するのね」

「こんなことも言ってました」

「どんなこと？」

「資料はすでにマスコミ各社に送った。郷原はすでに死に体で、議員辞職は時間の問題。関与した連中についてはすべて資料に盛り込んであるので司直の手が伸びるだろう、吉良組にも捜査のメスが入る。あんたも例外ではない、と」

「ときすでに遅しと思って殺したの？　つねさん」

「これだけ気が強い女だから口を割らないと思いましたし。敵ながらあっぱれでしたよ」

ここでまた、品川桃子の笑い声が聞こえてきた。

「実際口は割らなかったわけよね。で、情報元を殺して、つねさんたちが必要なものをどうやって探すの？」

「女の携帯に保存されていた番号に片っ端から当たっています。その中の誰かに預けているはずです」

「見つかるといいわね」

「それがなかなかうまくいかないんですよ」

録音テープはここで終わっていた。情報屋が停止ボタンを押した。

「谷島さん、どう思います?」

「人でなしは刑務所にぶち込まれてしかるべきだ」

「おっしゃる通りで」

吉良恒夫への報復の方法がいくつも頭に浮かんだ。人間のくずにはそれなりの方法で殺るしかないと、「殺人」という文字が現実味を帯びてくる。刑務所暮らしの人間を男女問わずたくさん見てきた。しかしそれは職業として対峙していただけに過ぎない。自分が刑務所に入ることなど考えたことはなかった。吉良恒夫を刺し殺すと、懲役は何年になるのか。

ふと考えた。自分はすでに逃げを打っているのではないか。刑期のことを考えるよりも文子の無念を晴らす方が先決だ。自らの意気地のなさにほとほと嫌気がさしてくる。

私が何を考えようとおかまいなしに情報屋は話を進める。それが的を射ているので、ようやく私の頭は少しずつ動きだした。

「えーっと、盗聴器で得たものは証拠能力が大きく制限されるからな」

「ええ、うまくいっても状況証拠の参考程度。それに……」

「わかってるよ。盗聴は犯罪行為だからね、あんたに迷惑はかけない。まあ、おれも同罪だ」

「しかし、この情報を利用しない手はないですよね」

「妙案はあるのかい?」

と訊くと、情報屋は黙った。私は続けた。

「自分もいい考えが思いつかないんだ。ただ、柳原文子が命を張ってまで暴こうとしたものを世の中に知らしめ、かかわった人間たちを奈落の底に落とさないと気が済まないんだ。もう、これは理屈ではない」

「わかります」

「とくに、文子に直接手を下した吉良恒夫に対する断罪の方法。司直の手に渡る前にできること、できないことがあるが……」

「危ないことはおやめになった方が……」

「いや、おれは文子の息子と誓ったんだ。お母さんの仇討ちを一緒にやろう、とね。約束は守るためにある」

と私が言うと、情報屋は一瞬目をそらしたあと、再び私を見つめて、「一つ心配なことがあります」と言った。

「狙われるってことだろう？　品川桃子が吉良益蔵に頼んでいたしね」

「いえ、品川が谷島さんの処理を益蔵に頼むというのが腑に落ちないんですよ」

「単純な理由さ。ホテル・エレガンスで品川を小馬鹿にしたからな」

と言うと、情報屋は珍しく反論した。

「いえ、そうじゃないと思うんです。だって、ホテル・エレガンスのパーティに谷島さんを誘ったこと自体がおかしなことでしょう」

「……つまり、あんたが言いたいのは、品川は私に接触する何らかの目的があったということかい？」

「そうです。こころあたりありませんか？」

「ないよ」

と答えたとき、携帯が震えた。警視庁詰めキャップの名前が画面に表示されている。また有意義な情報を教えてくれるのかと期待した。

「指名手配されていた木内靖夫の身柄が拘束されたぜ」

「上海か？　それとも日本で？　どこの署だ？」

「取り調べできる状態じゃない」

「どういうことだ？」

「死にかけている」

思いもしなかった言葉に動悸が激しくなる。

「拷問を受けたようだ」

「警察にか？　横領で拷問か？」

「寝言を言うな。日本の警察は拷問などしない」

「……」

「これは、厄介な事件だぜ。単なる横領じゃねえな」

第五章　相川達也の素顔

1

拷問された木内のことを思うと、私は落ち着きをなくす。

文子が殺され、木内までもが死の淵にある。博多の海で遊んだときの二人の姿が脳裏を駆け足で通り過ぎる。次から次へと浮かび上がる二人の笑顔が私に大きな決断を強いた。

その日のうちにレンタカーを借りた。バックミラーにときおり目をやりながらハンドルを操る。青梅街道を直進し、鳴子坂を右折すると、ベージュの外壁が見えてくる。十階ほどはあるだろうか、入居者もそこそこいそうな「昭和ビル」だ。

その中に吉良組の事務所がある。

看板には「金松興業」と書かれてあるが、ドアを開けるともう一つドアがあり、そこには「吉良組」と金色の表札があると聞いていた。

コインパーキングに車を乗り入れた。歩いて昭和ビル近くに戻り、事前に調べていた喫茶店に入った。事務所から出てくる人間を見張るには恰好の場所だ。喫茶店のガラスを通して昭和ビルのエントランスが見通せる。特殊ガラスなので、外から喫茶店内部を見ることはできない。組員らしき者が利用することがないことも知っている。

周辺にはあと二か所、監視できる場所がある。

一つは、昭和ビルはす向かいのオフィスビルだ。そこは外づけ階段があり、三階部分の踊り場から昭和ビルのエントランスが見通せる。

もう一つは宝満《ほうまん》神社だ。昭和ビルからは十メートルほど離れているが、参拝客を装えば、怪しまれることもなく吉良組事務所に出入りする者たちを監視できる。

周辺はオフィスビルとマンションだ。吉良組事務所があることを知っている住民が少ないことは確認済みだった。近隣市民に目の敵にされると事務所排斥運動が起こるので、それを避けるために近隣環境に溶け込んでいるのだ。肩身が狭い昨今の暴力団。吉良組も例外ではない。

吉良恒夫の車を尾行できたのは監視を始めて二日後だった。黒塗りの車から吉良恒夫が降り立った。周囲を見回し、オフィスに入っていく。待つこと五時間半、黒塗りの車がビルの前に横づけになった。

吉良の姿が現れた。

すぐに喫茶店を出て、停めていた車に向かい、運転席に座ってすぐに発進した。あと少し遅ければ見失うところだった。すぐに近づくことができた。

吉良を乗せた車は鳴子天神下を右折して青梅街道を西に進む。高円寺陸橋下を左折して環七に入った。妙法寺、方南町、大原の交差点を過ぎ、京王線を横切ってしばらく走ったあと左折して、中層のマンションの前で停まった。

私はスピードを落とさずに通り過ぎ、少し走ったところを左折して車を停め、すぐに角まで戻り、吉良たちの行動を観察した。

運転席のドアがあき、男が出てくるところだった。男が後部座席のドアをあける。吉良恒夫が出てきた。助手席からもチンピラ風情の男が降り立った。二人のチンピラは四十五度の角度で吉良に頭を下げた。吉良の姿がマンションの中に吸い込まれる。

車が走り去ったあと、マンション名を確認した。

十分待って、マンションの玄関ドアを押した。右手に郵便受けと宅配ボックスがある。郵便受けを観察した。当然のことながら「吉良」の名札はない。そこを出て直進する。管理人室に人はいなかった。「巡回中」のプレートが置いてある。エントランスのドアはオートロック。右手に操作盤がある。ドアの向こうにエレベーターが見える。エレベーターの動きを示す表示が五階で点っていた。操作盤に近づき、ポケットからマスクを取り出してつけた。五〇五を押した。女性の声が聞こえてきた。税務署を名乗った。

「吉良さんのお宅で間違いないですね。反面調査に来ました。ドアをあけてください」

鞄から会社の手帳を出し、社名の部分を指でおさえて、カメラに向かって提示した。

「吉良さんはお隣ですよ」

「申し訳ありません。間違えました、五〇四号室ですね」

「いえ五〇六です」

「ありがとうございます」

自宅が判明しただけでも収穫だった。明日にでも情報屋に盗聴器を仕掛けてもらおう。腐った男の正体が見えてくるだろう。襲うところは愛人宅、くつろいだときの吉良恒夫は無防備だ。

その可能性が見えてくるのに、さらに三日を要した。

午前十時過ぎに事務所に入った吉良恒夫が昭和ビルのエントランスを出たのは午後二時前だった。急いでレジを済ませ、外をうかがう。きょうは黒塗りがいない。嬉しい胸騒ぎがしてきた。吉良はゆっくりと周囲を見回したあと、青梅街道方面に歩き始めた。私は距離を保ちながらあとをつける。

突然携帯が震えたので驚いた。見ると智彦からだった。智彦はホテル・エレガンスに逗留している品川桃子を見張っている。吉良を見失わないように目を凝らしたまま携帯を耳に当てた。

「品川桃子がホテルを出ました。顔色が悪いです。周囲をきょろきょろと見て落ち着きがありません」

「女優仲間とのランチではなさそうだね」

「いまタクシーに乗りました。また連絡します」

電話は切れた。

相川達也が日本を飛び立ったのが二週間前。相川の動向を知るすべはいまもってない。品川桃子に連絡は入っているのか否か、それもわからない。智彦によれば、ときおり笑みを浮かべながら携帯電話を耳に当てている姿を見ることもあるそうだが、相手が相川とは限らない。吉良恒夫と考える方が妥当だ。その吉良恒夫との逢瀬も、あのとき一度きりで、その後は途絶えている。元女優と遊んでいる暇はないのかもしれない。では品川の方はどうなのか？ 恋愛体質がセックス依存症と等式ではないにしても、品川が吉良恒夫との逢瀬を簡単に打ち切ったりはしないだろう。と思う反面、二人の関係に納得いかないこともある。

あの盗聴記録は本物なのか？ 探偵を疑っているわけではない。品川と吉良恒夫の会話がしっくりこないのだ。理由を考えてみたが思いつかない。吉良恒夫の会話は自然なのだが、品川には演技が混じっているような、そんな印象を受けた。

一つは、品川が吉良恒夫を尋問しているように思えたことだ。

「プチ・モール」というフランスの言葉がある。男女の肌の触れあいのあとは「小さな死」、つまりしばらく惰眠するのが至福だという。二人の愛の交歓のあとに、それが感じられなかった。セックスのあとの頭の働きは死に近いと先達は言っているのだ。つまり、プチモール状態で質問などという野暮なことはしない。

それなのに、品川桃子は吉良恒夫に度が過ぎたことを聞きだそうとしているように、私には思えた。柳原文子を殺した犯人についてもそうだ。品川は自分と利害関係がないのに、どうして知りたがったのか――。そういった疑念を抱いたまま、私は吉良恒夫の尾行を続けた。

青梅街道でタクシーを拾うのかと思ったが、そうではなかった。青梅街道の一つ手前の道を左折した。まっすぐ延びた路地は閑散とした住宅街だった。尾行がしづらい。吉良はゆっくり歩いている。周囲を見回すことも振り返ることもしない。

再び、智彦から電話がかかってきた。

「品川桃子がタクシーを降りました。神楽坂です。『深田』という料亭に入っていきました。品川は相変わらず落ち着きがないです。周囲をさかんに気にしていました。店に入る前、携帯で誰かと話していました」

「その料亭にこれから入る人間をチェックしてくれ。風貌とか特徴をつかんでおいてくれ。品川より前に店に入っているかもしれないので、店を出るときに確認してくれるか」

「わかりました」

と答えた智彦が、すぐに、

「あ!」

と驚嘆の声をあげた。

「密会人がやってきたのか?」

「はい。なんと相川達也です!」

驚くには当たらない。吉良恒夫や益蔵の命を受けて、帰国した相川から情報を得るのが目的だろう。大した玉だと感心する。

「相川の表情はどうだい」

「変わったところはありません。落ち着いた歩き方だし、堂々としています」

智彦は相川と面識はないから見張りは可能だ。

「二人が出てきたあとも監視を頼む」

「どちらに張りつきましょうか」

「相川達也を頼む」と答えたとき、後ろから肩をたたかれた。

「ちょっと話があるねん」

振り返ると痩せぎすの男が立っていた。男から視線をはずして前を見ると、吉良恒夫の姿はすでに消えていた。

はめられた！

人の行き来がほとんどない場所。近くに木がうっそうと生い茂る公園が見えた。関西弁の男は紫のシャツに黄土色のジャケットを羽織っている。ネクタイはサーモンピンク、スラックスはネイビーブルーだ。色彩感覚が麻痺しているチンピラはにっと笑った。現れたすきっ歯は黄色く濁っている。

男が右手をポケットに入れているので警戒だけは解かなかった。

この男とやりあえば、勝ちの確率は七割。残りの三割に転ぶとすれば、右のポケットに隠された刃物が威力を発揮したときだ。そのときは仕方ない。簡単に刺されることはないだろうが、プロの使い手であればひとたまりもない。

「そこまでつきおうてくれへんか」

公園の中に入っていこうとする。

私は、男の後ろ姿に言った。

「小汚いチンピラとデートなんかしたくないな」

男が素早く振り向いた。

「死にたいんか」

と重みのない言葉を吐いた。顔に赤みがさしている。

勝てると思った。

「死にたくないな。少なくともあんたの手にかかって死ぬのだけは真っ平だ。汚らしい手で触られるのがとても嫌な性分なんでね」

左手が飛んできた。右手で止めた。予想していたより速かった。パンチ力そのものは大したことはない。右手がポケットにあるので腰が乗らなかったのかもしれない。だとすると、ある程度できるやつなのかもしれない。そう思ったときまた左が来て、そのあとに右足が飛んできた。空手かムエタイかわからないが、右足の速度は速かった。顔を引いてかろうじてよけた。

気づくと男は右手をポケットから出していた。何も握っていない。ポケットに目をやった瞬間、今度は右フックを見舞われた。腰が一瞬落ちる。どうにか体勢を整えて息を吐いた。一気に空気を吸ってから男のひざ下に飛び込んだ。同時に男の右ポケットに触った。銃はない。両手を男の太股に絡めて一気に手前に引いた。男が崩れ落ちた。倒れた男のみぞおちに左こぶしをたたき込んだ。男の口からうめき声が漏れた。もう一発たたき込む。男がからだを起こそうとしている。右足で顔を蹴り上げた。これで仕留めたと思った。

しかし男はタフだった。立ち上がり、右足のブーツからさっと何かを取り出した。サバイバルナイフだった。男は形勢逆転と、余裕の笑みを見せた。頼りのナイフで勝ちを意識しているのかと思ったが、そうではなかった。

足音が聞こえた。

右方向から男が二人走ってくる。あの笑みは援軍が来たのを知ったからなのだ。三人相手では勝ち目がない。前に二人、後ろにはナイフを持った男。左右に逃げ場はない。完全に退路を絶たれた。

「殺すなよ」援軍の一人がナイフを持った男に言う。

「いたぶれ」

三人がじりじりと間合いを詰めてくる。恐怖が足下からせりあがる。空気が以前とは違う。ナイフ男もすでに口を閉ざしている。沈黙の威圧感が押し寄せる。

私は後ろを向いた。

刃物を持っている方を優先したのだ。そこを突破すれば命拾いできる可能性はある。痩せぎすの男は私を見て黄色い歯を見せた。私に殴られて噴出した鼻血がこびりついている。笑っているのだろう。目は凶暴な光を放っている。刃物は扱い慣れているようだった。タックルにいくことはできない。ナイフを避けながらチャンスを見出すしかない。私は腹を決めた。

男との距離は三メートル。一歩踏み出されればナイフが私の腹に届く。男は腰を低くして近づいてくる。たたきのめされた恨みを両目が語っている。怒りをむき出しにして男は動いた。私のからだの五十センチ前をナイフが音を立てて横切った。さらに突きがきた。かろうじてよけた。続いてもう一度突きがきた。二十センチ前。

心臓の鼓動が激しくなる。息が乱れそうになる。必死にからだを左右前後に動かした。すっと入ってきた。かわした。すぐに今度は左から。衣服が切れた。痛みが走る。男が笑う。私は痛みにどうにか耐えたが足が地面をしっかりと踏めずによろけてしまった。

男たちが私に群がった。ポケットに手を突っ込み、中を探る。財布、手帳を取り出し、中身を見たあとその場に放り投げた。次にジャケットの下に手を這わす。股間をまさぐる。からだをよじったのは気持ち悪さのためではなく、張り裂けそうな痛みのせいだった。血が噴き出すのがわかった。刃物を持った男が私の靴を足からはぎとった。インソールをはずして投げ捨てた。靴の中をのぞいたあと、靴の中から刃物で底に切り込みを入れた。指を突っ込み、中をかき回し、投げ捨てた。

男の舌打ちが聞こえた。群がっていたチンピラたちが一斉に立ち上がり、私に殴る蹴るの暴行を加えてきた。

「素直に吐けばコンクリート詰めは勘弁してやる」

私は黙っていた。知らないことは言えない。知っていても言わない。

目の前でナイフがきらりと光る。横っ腹に強い衝撃を受ける。からだがよじれる。早く楽になれ、と男が言う。二度三度と私の腹に硬い靴先がめり込んだ。声が出ない。残った力を振り絞って下腹を引き締めると激痛が走り、衣服が真っ赤に染まっていく。踏ん張りもここまでだった。感覚が麻痺していき、意識がなくなっていく。

やり残したことがある。文子の仇を討っていない。このまま死ぬのか、後悔ばかりが薄れかけた意識の中で渦巻く。そのとき、何かの音がした。爆発音のようなものだった。

男の視線が私の背後に当たっている。振り向くことはできない。また音がした。エンジン音だとわかった。後ろで男の悲鳴がした。目の前にいるナイフを持った男の目に怯えが走った。ナイフがだらりと下を向いているのが見えた。振り返らなくても誰なのかはわかった。

ブレーキの音とともに排気量一二〇〇のバイクが私の横に止まった。

右手が伸びてくる。すがるようにつかみ渾身の力で後部座席にまたがる。激痛はなぜか和らいでいた。智彦のからだに腕を巻きつけた。後ろの男が一人倒れているのが視界の端に入る。それも一瞬のことで、私を助けてくれたＢＭＷは轟音とともにその場を走り去った。

2

ベッドの上にいた。

右脇腹に深さ一センチ、長さ十センチの切り傷だ。脂肪が飛び出していたので縫合したという。あとは右足で蹴られた左頬と、右ストレートを食った唇の左上が熱を帯びて痛む。

医師は入院の必要があると言う。仕事が詰まっていると言い張ったが、医師に「死んでもいいのならどうぞ」と突き放された。三日ほどで退院可能らしい。深さ一センチ以上でも縫合しないで済むらしい。つまりはかすり傷に過ぎないのだとあとで知り、入院を了承したことを悔いた。

警察沙汰になるのは避けたかったので、単なる喧嘩だと医師には言った。切り傷は相手の爪の先でやられたのだと、平気で嘘をついた。医師の顔は疑念の色で染まったが、何も言わず頷いてくれた。大日新聞記者という肩書が役に立ったと私は思っている。既得権益を享受することに抵抗はあるが、今回はやむを得ない。

医師とのやりとりが終わって、ベッドサイドの椅子に座っている智彦に声をかけた。

「大型バイクのウイリーはサラブレッドの疾走のように美しかった」

智彦がそのように競走馬を操ることができるという事実に驚くとともに、私の身の危険を察知

した臭覚には恐れ入った。どうしてわかったのかと訊くと、

「だって携帯電話から全部聞こえていましたよ」

そういえば、智彦と電話で話しているときにチンピラが声をかけてきたのだ。咄嗟にそのまま胸のポケットにしまったのだった。

「場所はどうしてわかった？」

と訊くと、智彦は笑った。

「ガラケーでもＧＰＳ機能がついてます。誤差六メートルほどの高性能です」

「私は毛嫌いしているデジタル機器に救われたってことか……」

「いえ、助けたのは僕ですよ」智彦がまた笑う。

相手のダメージを考えた。少なくとも一人は骨折しているはずだ。ＢＭＷで撥ねられた男はずっと横たわってうめいていた。わずかにこちら側の勝ちというところだろうか。

「勝ち負けの問題ではないですよ、谷島さん」

と、私をたしなめたのは情報屋だ。

「命を落としていたかもしれないのに、のんきなことは言わないでください」

と手厳しいが、顔がにやついている。

「谷島さん、やられ損ではないですね」

「おれもそう思っているんだ。で、あんたはどこに着目したの？」と訊くと、

「靴の底ですよ」

「ああ、おれと同じ考えで安心した」

笑うと、からだ全体に痛みが走った。


退院した日に二人を自宅に招待し、手料理を振る舞った。

アルコールはビール、日本酒、ワイン、すべて揃っている。ありあわせの野菜と冷凍庫にあった肉を解凍して炒めた。フライパンが大型なので、ゆうに五人分はできた。スーパーで買った餃子を温め、パスタを調理し皿に盛った。

「このばらばら感がいいですね」

情報屋は笑いながらも満足そうにビールを飲み、日本酒をたしなみ、出されたものをたいらげていく。箸を置いて情報屋が言った。

「一連の流れがどうにも理解できないんです。すっきりと一本につながらない。もちろん、何も解決していないからなのかもしれませんが。できましたら、もう一度、おさらいしてもらえませんか」

「わかった」

と答えて、私はこれまでの経緯を順を追って話していった。

原点に戻ろう。

私が文子の件に首を突っ込み始めたのは、文子が残した日記と翻訳原稿にあった。日記に書かれてあった「相川達也」と「牧村書房」という固有名詞が大きなヒントになった。相川達也からはほとんど情報を得ることはできなかったが、牧村書房の田辺部長からはサハラ砂漠での相川荘三郎の犯罪について示唆を受け、そして文子が残したもう一つのヒントである柿本浩二郎の『サハラ紀行』が私にアクセルを踏ませた。「番長制度」の存在を知り、柿本、相川、笹田、山田という四人の関係が浮上した。

ここまで話し終えたとき、情報屋が、

「で、結局、サハラでの殺人事件は相川荘三郎の思い過ごしで、実は山田某は生きていたということでしたね」

「そう、サハラの件と、文子殺害は無関係だった」

「まあ、無関係ですけど、そこから吉良組が浮上したのだから、その点では有意義なヒントだったということですね」

「確かにそうだね。文子は吉良組に目を向けさせたかったのかもしれない」

「そうですかね」情報屋が珍しく反論してきた。「日記に書いておけば済む話だったんじゃないですか。その遺品が谷島さんへのメッセージだということを前提にした話ではありますが」

「メッセージね……そんな内容ではないんだが……」

そこに智彦が割り込んだ。

「メッセージに決まってます。母は、決死の覚悟で日記と翻訳原稿を谷島さんに託したんですから。僕に頼むときの表情は真剣そのものでした。この資料が運命を左右するというような、大げさかもしれませんが、そんな印象を僕は受けました。思ったのは、これを誰かが奪いにくるかもしれない、ということでした。だから天井裏に隠したんです。そうしないと、谷島さんに渡すという母との約束が守れなくなると直感的に思ったからなんです」

智彦の言葉に情報屋も私も沈黙した。私は自分の胸の内に変化が現れたことを感じとった。それが何なのか考えていると、情報屋が口を開いた。

「現物を見せてもらえませんか」

「ああいいよ。でも、単なる備忘録と翻訳原稿だよ」

「それでもけっこうです。これからのことを考えるにあたって、現物を見てると見てないとでは雲泥の差ですから」

私は脚立を取り出した。天井のわずかな亀裂にカッターを差し込み、ゆっくりと切っていった。もちろんカッターは強度の強い鋼を使ったものだ。我が家は築三十年の古い家だ。昨今のモダンな住宅と違って在来工法でつくられている。当然、天井は木製なので、木目が幾何学模様を成しているし、雨漏りの跡も多数ある。だから、模様に沿って切れ目を入れれば、カッターの跡は目立たない。

取り出した日記と翻訳原稿をテーブルに置いた。智彦が用意してくれたウィスキーボトル、グラス二つ、氷、ペットボトルもテーブルの上に並んだ。智彦が水割りをつくってくれるあいだ、情報屋は日記帳として使われているアシュフォド製システム手帳のページを繰っていく。

「全部読むのかい？」

「谷島さんのその言い方は、無駄だよとおっしゃりたいみたいですね」

「おれたちは水割り飲んでるからね、マッカランだよ。あんたも飲みながら読むといい」

情報屋はそれには答えなかった。度の過ぎたもの言いをしたと、私は後悔する。

グラスを持って窓辺に行き、カーテンをあけて外を眺めた。静かな夜だ。住宅街だから、朝と夕方は会社勤めの住民が行き来するが、この時間ともなると人の気配がなくなる。水割りを飲み干したので後ろを振り返ると、情報屋は読み終わったようで、システム手帳をじっと見ている。

「どうだった？」

テーブルに戻ってから訊くと、情報屋は意味あり気な笑みを浮かべた。

「大発見かい？」

情報屋はその質問に答えず、システム手帳からノート部分をとりはずした。

「何してるの？」

「探偵というのは、正常な人たちとは違う観点に目が行くんですよ。そうでないと商売にならないですから」

「……」

「ここです」

情報屋の人差し指が、システム手帳のジッパーを指している。ジッパーに再度縫製した跡があることに気づいてはいた。しかしそれは、使い古されて縫い糸が切れたからだと思っていた。

「皮の色具合と、ジッパーの傷み具合が合っていません」

私は情報屋の言葉にはっとした。情報屋は鞄からカッターナイフを取り出した。

「許可を得たいのですが」

「切り開くってこと？　ＯＫ」

情報屋はジッパーに沿ってカッターを入れた。切り開いたすきまに指を入れた。情報屋が再びにやりと笑った。私たちの顔を交互に見ながら、突っ込んだ指をゆっくりと動かした。情報屋の人差し指と中指に挟まれた薄いカード状のものが現れた。ちらりと見たあと、私に手渡してくれた。

「東京相和銀行の貸金庫のカードだ。吉良組がおれの靴底に隠されていると調べていたのは、これだな」

「誰のです？」

と智彦が訊く。私が答えた。

「山田健一。ローマ字で書かれてある」

「どうして母がそれを持っていたんでしょうか」

私はその問いに答えず、智彦に頼み事をした。

「きみのスマートフォンで検索してくれないか」

「はい。何を検索します？」

「貸金庫の仕組み」

智彦は右手にグラス、左手にスマホを持って器用に指を動かす。

「貸金庫の種類はいくつかありますが、東京相和銀行の場合は半自動貸金庫という方式のようです」

「必要なのはカードだけじゃないんだろう？」

「はい。暗証番号を入力しないといけません」

「利用料金の支払い方法についてわかるか？」

智彦は、ちょっと待ってくださいと言ったあと、スマホを操った。

「ありました。えっと、銀行口座から半年毎の自動引き落としですね。初回は契約時に前払いです」

「前払い」のひと言によって、また一つ暗かった道に灯が点った。國広物産の元経理部長の家から消えていた銀行通帳が物置で見つかった件だ。

「あれはまだ真相がわかっていない」

「なるほど」情報屋が言う。「犯人は、貸金庫の有無を通帳で調べることが目的だったんですね。敵は貸金庫の前払い分が引き落とされていることを通帳で確認したあと、用済みとなった通帳を後日物置に戻した……」

「そうそう、それで納得がいく。それと、もう一つ気づいたことがあるんだ」

二人の目が私に集中する。

「サハラ砂漠で亡くなったとされていた男の家に電話をしたとき、応対してくれた女性に大日新聞の記者ですと名乗ったとたん電話を切られた。マスコミの方とはお話ししたくありません、と言っていた」

「なるほど、つながりましたね」と情報屋はにやりと笑った。「文子さんと吉良組が柳井まで行った理由がわかりました」

私は近くにあるメモ帳を一枚破り、「山田健三」と書き、二人の前に滑らせた。情報屋はそのメモ紙片を自分の方に引き寄せ、私が書いた名前の上に「山田健一」と書き加えた。

「兄弟ですか!」智彦が大きな声で言ったあと、急に小さな声になり、「どうして山田健三のカードではないんですか」と訊いた。

もっともな疑問だ。

「よく気がついたな」と言ったあと、私は続けた。「人が亡くなると銀行口座はもちろんのこと、貸金庫も凍結される。遺産相続に絡んでくるからそういう手続きになる。だから、山田健三名義の貸金庫に、郷原代議士が必至に探している何かを預けていると、相続した家族、親族が吉良組から目をつけられることになる。健三は自分名義の金庫には遺言でも入れていたのではないかな。それは一種のダミーで、敵を撹乱させるためかもしれない」

私の考えに賛同しつつ、さらにつけ加えるように情報屋が言った。

「それで、重要なものは兄の健一名義の貸金庫に預けたということですね。兄は風来坊だし、定職を持たないから、敵の目には入らないと読んだのかもしれません」

私は頷いた。

3

「さっきの質問に答えていなかった」私は智彦に言った。「このカードをどうしてきみのお母さんが持っていたのかときみは訊いたね」

「山田健一から託されたんですね」

「そうだと思う。ただわからないのは、託されるほど信用された理由だ。命がけで預かったものを、つまり赤の他人であるきみのお母さんに託した理由だ」

「もしかして木内さん？」

私は頷いた。

「あり得るな。部署は違うが同じ会社だ。意外と親友だったのかもしれない」

智彦がスマホをいじり始めた。

「二人は同期のようです」

「山田健三は兄の健一にカードを託し、信頼のおける男として木内靖夫の名前を伝えたのかもしれない」

「木内は自分の代わりに文子を柳井に行かせ、健一からカードを預かった、という流れはあり得るな」

聞いていた情報屋は頷いた。

「間違いないでしょう。では暗証番号は誰に伝えたのか、という疑問が残ります。カードと暗証番号を分散させるのはリスク回避の鉄則ですから」

「木内かもな」

「私もそう思います。カードは、放浪者だが信用できる兄の健一へ、暗証番号は、同期の木内靖夫へ」

「そうだね。で、吉良組もそのあたりだと目星をつけ、文子を脅したがカードの在り処はおろか暗証番号もわからない。で、木内をリンチして聞き出そうとした。自白剤も使った」

「吉良組、許すまじ！」情報屋が呪うように吐き捨てた。

「辛気くさくて気が滅入るな。駅前にカラオケがあるから行かないか」

と言って立ち上がった。

「気分転換が必要ですね」情報屋も立ち上がり、智彦もそれにならった。

「カードは天井裏に戻しておこう。このカードがわれわれの命を守ってくれる最後の砦《とりで》だからな」

私はそう言い、脚立に乗りシステム手帳を天井裏に戻し、切り取った天井部分を補修した。

「さあ、行こうか」

情報屋が私の手元を見て、笑みを浮かべた。


外に出ると、柴犬を連れた初老の男が歩いていた。後ろ姿から、その男が同じ町会の人間だとわかった。疑う必要はないだろう。周囲を見回したが他に誰もいない。ほとんどの家にまだ明かりが点いているが、窓から顔を出している者はいない。車が一台路上駐車しているが、これも顔見知りの所有車だとわかる。

歩き始めた。

「谷島さん、駅は反対方向じゃないですか」

「駅には行かないよ」

と答えると、情報屋は黙った。

駅方向とは逆に歩くと商店街がある。その中の居酒屋に入った。老舗の繁盛店だ。この時間、客は数えるほどだった。個室を頼んだ。しばらく三人とも黙っていた。ビールをひと口飲んだ。

「谷島さん」情報屋が口を開いた。「考えてらっしゃることはだいたいわかりますが、誤解が生じないように説明してもらえますか」

「そうしよう」と答えた。「盗聴器が仕掛けられていてもおかしくないなと思ったのさ」

「それでカードを天井裏に隠すと言いながら、ポケットにしまったわけですね」

カードをテーブルに置くと、気づいていなかった智彦が驚いた顔をした。

「明日、遅くとも明後日にはこそ泥がやってくるでしょう」

「また家を荒らされるのかと思うと気が重い」

「で、どうします？　このカード」

「あんた、持っててくれないか？」

情報屋が驚く。

「そこまで信用していただくのは嬉しいですが、本当に私でいいのですか」

「あんたが裏切っても、暗証番号がわからなければ、このカードも意味をなさないし」

情報屋が苦笑いする。

「知り合いにカード偽造のプロがいます。同じものを数枚つくらせましょう。私たちはそれを財布に入れておく。カードが見つかれば命までとらないでしょう」

「少しは気が楽になるね」

「問題は暗証番号ですね。それさえわかればすぐに銀行から引き出すことができます。資料の内容によっては、敵がぐうの音も出ないようなダメージを与えることもできるし、身の安全も確保できると思います」

「相川達也に会ってみようと思うんだが、すでに帰国していることだし」

「危険ですよ。品川桃子というスパイが張りついてるんですから。吉良組の幹部二人と通じている女ですよ」

頷くしかなかったが、閉塞状態を打開するには決め事など破らなければうまくいかないこともある。情報屋に反対されればされるほど、私の気持ちは危険な方向に向かっていった。

「相川が木内から暗証番号を聞き出せていたことを確認して、しかもそれが平和的な方法だったとの確証がとれれば、こちらのカードを交換条件にタッグを組むことができる。双方にメリットがあるのだから交渉は成立するだろう」

と言うと、二人は即座に反対した。

品川を通じて吉良組に筒抜けになり、情報が流れるというのだ。話し合いの結果、敵の動きの変化を見ていくという、地道な行動が真相究明への近道だとの結論に達した。

二人と別れたのは明け方の四時だった。私はおそるおそる自宅に戻った。確認しておくことがあったからだ。

予想通り、自宅に盗聴器が仕掛けられていた。天井裏の切れ込みに仕掛けていたものが証明してくれたのだ。真《ま》っ新《さら》な大判セロテープには何か所も触った形跡があった。手袋をつけていただろうから指紋は採取できないが。情報屋にショートメールで伝えた。

「次は実力行使に出ますね。くれぐれも身辺に気をつけてください」

「こちらから仕掛けるさ」

と強がりを書いたものの、思わず周囲を見回す。からだも無意識に震えていた。

裏木戸から家を出て、周囲に目を配りながら、車が通りづらい細い路地を選んで歩いた。青梅街道に出たところでタクシーをつかまえた。また会社に寝泊まりだ。とくに夜間は警備が厳重なので、知り合いのところに寝泊まりするよりは安全だろう。


翌々日、品川桃子が熱海に戻ったと智彦から報告があった。引き続き、品川の監視を続けるとのことだ。私は身動きがとれず、悶々とした時間を過ごすしかなかった。

せっかく吉良恒夫の自宅をつきとめたのに、いまとなっては下手に動けば命取りになる。歯噛みする日が続いた。二人からは毎日連絡が入る。その中に興味深い情報があった。総会屋の桐山を尾行している情報屋からのものだった。

「いま赤坂の銀龍という料亭の前にいるのですが、先ほど郷原代議士が店に入ったあと、うさんくさい連中が現われたんです」

「吉良組登場ってことかい？」

「いえ、そんなんじゃないんです。高級そうなスーツを着た紳士たちですよ」

「紳士？　どんな感じの？」

「霞が関界隈で見かけるような」

「それは面白いネタだね。目の前が明るくなってきた」

「私もですよ。まあ、やっとおいでなすったかという感じですね」

「官僚を使って解決しても、要求される見返りがでかいことぐらい知っているはずなのに。敵は八方ふさがりに陥ったな」

「ですね」

「官僚もいろんな分野と人種がいるが」

「いまの段階では見当がつきません」

「一人だけでもいいから特定できないかな」

「任せてください」

たのもしい返事が返ってきた。

そして三時間後に情報屋から電話が入った。

「どうも見たことのある男だとは思っていたんです。でも正確を期するために、撮影した写真を週刊誌の記者に見せたところ、笑われました」

「どうして？」

「あまりにも有名な人物だったからです」

「何省？」

「いえ、検察です」

「大物かね」

「はい。とびっきりの」

「おれはてっきり財務だと思っていたんだが。郷原代議士は銀行をコントロールしないといけない立場に立たされているはずだからな」

「そうですね。そのあたりはよくわかりません」

またしても考えるべきことが増えた。寝つきが悪くなる一方だ。


そして、動きが早くなったのは次の日だった。

智彦の連絡によると、品川桃子が熱海の邸宅を出て早足で出向いたところは、相川達也のヨット仲間である三島の家だったという。相川邸から五十メートルも離れていない目と鼻の先だ。

「いつもと違う険しい表情でした。何かあったに違いありません」

「相川は？」

「ぜんぜん見かけません、日課の散歩もしてません」

品川桃子が三島に何の用があるのか。相談することがあるのならば、相川に関係することか、別のことか。そもそも三島に相談するほど二人は親しいとは思えない。ならば、相川の伝言を伝えるため？　電話では済まないことなのだろうか。想像だけがぐるぐると頭の中をかけめぐる。知るすべがないことだけに興味が深まる。

「どんな小さなことも見逃さずに、しっかり張りついてくれ」

「わかりました」智彦の声が強く耳に響いた。

その後、智彦から三度電話があった。三十分後に三島邸の前にタクシーが停まり、品川桃子を乗せた。行き先は熱海駅。新幹線の切符を買い、二時三分発の「こだま」に乗った。

「携帯を手に持ったまま、落ち着かない様子でした。また連絡します」

三度目の電話のあとは変化がないのか、連絡は途絶えた。五十分後、智彦から電話が入った。品川は東京駅一番線・中央線のホームにいるという。新宿の吉良組事務所か、荻窪の吉良益蔵宅のいずれかだと思ったのだが、十五分後にかかってきた電話で、私の想像がはずれたことがわかった。

「阿佐ケ谷駅で降りました」

我が家がある駅だ。私の家に、あるいは私に何の用があるのだろう。不安になる。吉良組が出張ってきて、また家を荒らされるのか！

ところがそれは杞憂だった。

「病院に入りました。城西総合病院というところです」

病院？　どういうことだろう。思いもつかない展開に頭が混乱する。可能性としては、郷原代議士が入院という形で身を隠したのか、あるいは吉良益蔵が危篤状態になったのか、いずれかが考えられる。

「そこの入院棟に入れるか？」

「大丈夫なようです。品川はエレベーターを待っています」

「品川が訪問する患者の名前を確認してくれ」

「了解です」

すぐに政治部の記者に電話をかけて質問すると、的確に答えてくれた。

「郷原浩輔は入院なんてしていない。きょうも官邸、陳情団との折衝、経済団体との会食、赤坂と、スケジュールはめいっぱい、顔色もいい。何か吹っ切れたのかもな」

電話を切ってからも、記者が言った「吹っ切れた」という言葉が頭に残った。郷原代議士への脅しがなくなったのだろうか。つまり、探し物が見つかったのか。電話を切ってすぐに、今度は情報屋に電話を入れた。

「城西病院ですか、郷原ではないと思いますよ。政治家は慶應か東京女子医大でしょう」

「暴力団は？」

「その場合は闇の病院。でも益蔵ほどの大物はあり得ないでしょう。ほら、よく新聞に載るじゃないですか。抗争相手がベッドで寝ている入院中のやくざに発砲した事件が。入院棟に簡単に入れるところは避けるでしょう」

「じゃあ、誰だと思う?」

私の問いに情報屋は黙った。

今回の件に関連する人物と思うから、頭が混乱するのだ。品川桃子には私たちの知らない世界があるのだろう、と思いながらも、神経がぴりぴりするのは、やはり何らかを期待しているからだ。品川桃子は誰の見舞いに行ったのか。

そのとき携帯が震えた。受信ボタンを押してすぐに耳に当てた。

「誰だった?」

と訊くと、

「木内さんでした」

絶句した。が、すぐに現実に戻り、

「さらに張りついてくれ。折りをみて連絡をよろしく」

「了解です」

「警察はいるのか?」

「それらしき人間が病室の前でガードしています」

品川が面会できたということは、たぶん警察も関与しているのだろう。情報屋が言った検察の影とも符号する。品川桃子が木内を見舞う目的は暗証番号を聞き出すことでしかない。

吉良組の拷問でも無理だったので、今度は品川を使って側面から攻める方法をとったのだ。木内を納得させる理由はいくらでも言いつくろうことができるだろうし、品川の演技力はそれを可能にするだろう。

私は智彦からの連絡を待った。

一時間が過ぎた。連絡は入らない。苛立った。同時に不安になった。智彦の身に何かあったら、文子に申し訳が立たない。情報屋に電話した。状況を説明すると、「病院に行ってみます」と言ってくれた。

それから三十分ほどが経過した。携帯が震えた。智彦の名前が表示されている。

「品川は病室に一時間ほどいました。暗い表情で出てきたあと、廊下で誰かと携帯で話していました。そのあと、予約でもしていたのでしょうか、やってきたタクシーに乗り込みました。僕は急いで別のタクシーを探したのですが、見つからなくて慌ててしまって、縁石につまずいて転んでしまったんです。見舞い客らしき初老の男の人が手をさしのべてくれて、どうにか立ち上がることができました。品川桃子を乗せたタクシーはまだスタートしていませんでした。急いで大通りに出てタクシーをつかまえようと思い、走り出そうとしたときでした」

智彦が無事だったことに安堵したのも束の間、いつもと違う智彦の話しぶりに、おかしいと思った。

「それで見失ったのか？」

と言うと、智彦は「いいえ」と否定したあと、「タクシーから品川桃子が降りてきたんです」

「気づかれたのか？　いまどうしてる。危険な状態なのか」

再び不安になり、安否を問うと、私の質問には答えず、智彦は意外なことを口に出した。

「乗りなさい、と言われました」

「品川に？」

「いえ、つまずいた僕に手をさしのべてくれた初老の男の人にです」

「誰だ？」

「相川達也さんでした」

4

指定されたホテル・エレガンスの十階一〇〇六をノックした。中に入ると、キングサイズのダブルベッドと革張りソファ、窓には西新宿の光景が広がっている。はるか遠くに富士山も見える。私は促されるままにソファに座った。横に智彦が座っている。テーブルを挟んで相川達也と品川桃子が腰を下ろした。相川が私を射るように見つめる。品川の顔にはいつもの笑みはない。

「きみと会うのは三度目だが、ずいぶん前から知っていたよ。もちろんフミちゃんを通じてだが。フミちゃんはきみのことをこころから愛していた。私が何度口説いても軽くあしらわれた。山崎くんという婚約者がいるからだと思っていたが、どうも違う。ずいぶん経ってから彼女が打ち明けてくれたのだが、こころに刻んだ男がいるという。そんなのは誰にでもいるものだが、他人にそんな男のことを話すのも妙な話だとは思っていた。なぜ私に打ち明けたのか。それは私に頼み事があったからだ。というより、協力要請だった」

私は回りくどい話が嫌いだから、そう指摘しようかと思ったが黙っていた。相川が続ける。

「重要なものを手に入れたと言う。見せられたのは貸金庫のカードだった。詳しい話を彼女から聞いた。きみも知ってることだから詳細は省こう。ただ、暗証番号がわからないのだというんだな。國広物産の元経理部長だった山田健三が死ぬ前に兄の健一に預けたのは貸金庫のカードだけだった。そして暗唱番号は信頼できる同僚に託したと言われたそうだ。これはフミちゃんが柳井で山田健一から直接聞いた話だ」

前振りの長い話に苛立ち、相川達也に言った。

「で、暗証番号は木内から聞き出せたのですか?」

「いや」と相川は答えた。

「木内くんは暴行を受けて以来、記憶をなくしている」

「このあとすぐに木内に会いに行きます」

「やめた方がいい」

「なぜです?」

相川は私の顔を凝視しながら、

「木内くんの姿を見れば、きみは精神的に耐えられないだろう」

「そんなにひどい仕打ちを受けたのですか。私も人間ですから怒りや憎しみの感情はあります。人一倍あるかもしれない」

「だから会うなと言っているんだ。きみが暴走すると敵の思うつぼだ」

「敵味方の問題ではないでしょう。私と木内の長くて深い関係は死んでも消えないんです」

「……」

相川は黙り込んだが、瞳の力はさらに増している。相川は私をじっと見つめたまま言った。

「彼は不死身だ、死にはしない。きれいな姿に戻ってから再会すればいい。拷問のショックによる精神障害も治ると医者は断言してくれた」

「わかりました」

たとえ利己的な理由があるとしても、相川が木内に対して労を惜しまず動いてくれたことに感謝しなければならない。

「木内くんは小さな声で、途切れ途切れだが教えてくれた」

「何をです?」

「暗唱番号は忘れてしまっていた。でも、博多できみに会ったときに伝えたような気がする、と。あいまいだったが、そのようなことを言っていた」

「上海で聞かれたのですか?」

「いや、きょう品川が聞いてきた」

「ということは、木内は快復してきているんですね」

「そうだ。私は上海で山田健一を安全なところに住まわせたあと、木内くんを探した。ようやく住まいがわかったときはすでに遅かった。吉良組の餌食になっていたんだ。私も上海を拠点としたそれなりの組織を知っているので、どうにか吉良組を追い散らし、上海の病院に入れた。動けるようになったので日本に連れ帰ってきたんだ」

「木内は指名手配されていますが」

「横領のでっちあげか。彼が元気になったら民事裁判でも起こせばいい」

と、そんなことはどうでもいいとばかりに、すぐに別の話題に移った。

「急を要するんだ」

「と言いますと？」

「山田健三の横領罪をでっちあげる動きがある。そうなると、兄・健一名義の貸金庫にも強制的に捜査のメスが入る」

情報屋の目撃談が頭をかすめた。郷原と総会屋の桐山がいる赤坂の料亭に検察の大物が入っていったという話だ。

「私にとっては貴重な資料になります。なにしろこの件をずっと追う過程で、部下が一人亡くなっていますので。ただ、相川先生が貸金庫の中身にこだわる理由がわかりません」

「裏帳簿だけではないんだよ」

「他に何があるんです？」

「安全保障の極秘文書だ。山田健一が弟の健三から聞いた話をフミちゃんが教えてくれた。私への協力要請の交換条件としてね」

得心がいった。

「政権がひっくり返るほどのものなのですか」

「そうだ」

「それで郷原代議士が必死になっているのですね」

「郷原浩輔はいまだに政権トップを狙っているんだよ。年齢的に無理との声が多いんだが、過去には鈴木貫太郎が七十七歳で総理になっている、というのが口癖のようだ。郷原はアメリカとのパイプも太い。財務、外務の官僚にも強い。そして國広物産の系列会社である國広重工業がバックについている」

「郷原を脅したのは相川先生ですか」

「私とフミちゃんとで揺さぶった。後悔しているんだよ、彼女を危険にさらし、しかも守りきれなかった」

「ぬけぬけと、よくそんなことが言えますね」

私の暴言にも相川は眉一つ動かさなかった。

「きみの気持ちはわかる、許してくれ」

　頭を下げる。

「頭を下げられても困ります。そのときの状況を説明していただけませんか。智彦くんも聞きたいのではないでしょうか。聞くに堪えないことであっても、息子としては知っているべきだと思いますので」

　相川は「わかった」と言って続けた。

「以前きみが言っていた通り、フミちゃんは吉良組に狙われていた。吉良組も貸金庫のカードと暗証番号を血眼になって探していて、それを持っていると思われる山田健一が柳井にいることをつきとめていた。しかし、吉良組は山田健一との接触に失敗し、ご承知の通り、フミちゃんは成功した。

　それ以来だな、フミちゃんが狙われ始めたのは。私は全面的にフミちゃんを援護し、暗証番号を知っている人間を探すことに協力した。理由は先ほど言った通りだ。正直言って、フミちゃんがあんなことになるとは思っていなかった。殺せば貸し金庫の中身を手に入れることは不可能になるからね。吉良組とてそんな愚は犯さない。そう思っていたのが私のミスだったんだ。

　危険な目に遭ったことは何度も聞いた。護衛をつけようかと提案もしたが断られた。彼女なりの矜持《きょうじ》があったのだろう。私の配下は裏世界の人間だから、そういった類の人間に守られるのは嫌だと彼女は言った。私とのことも、利害関係がたまたま一致したので共同歩調をとっているに過ぎないとも言っていた。考えてみると、単なる契約上の協力関係であっても、フミちゃんを守らなければ契約は履行できないのだ。そのことをもっと考えるべきだった。

五月三日、偶然を装ってきみと会うこともフミちゃんから聞いて私は知っていた。きみが以前から追っていた疑獄事件の調査報道に関係する資料を手に入れて、きみにプレゼントするのだと言っていた。直接会いに行けばいいと進言したのだが、二十数年ぶりの再会だから偶然を演出しないと面白くないと言っていた。彼女の茶目っ気だ」

そこまで一気に話し終えた相川は顔を曇らせ、さらに続けた。

「あの日、胸騒ぎがして仕方がなかった。十二時を回ったころ、彼女のマンションを訪ねた。部屋が荒らされ、血だまりがあった。彼女の姿はなかった」

「以前にもうかがったと思いますが、彼女はなぜ危ない橋を渡ったのでしょうか。息子と婚約者がいるのに。その疑問を私はずっと抱いているんです」

「確かにきみが言うように、彼女の行動は無鉄砲ともとれるようなものだった。私も一度尋ねたことがある。彼女の答えは、命には命をもって応えるのが人間の道、私の信条ですと、そう言っていた」

「命には命をもって応える……」

私はその言葉を胸の内で繰り返してみた。意味を考えずにただひたすら言葉を思い描いた。脳裏で文字になったり、文子が語っていたりした。

「どうされました？」

品川桃子の声で我に返った。品川を見ると、表情が先ほどよりやわらかくなっていた。吉良恒夫との姦通、吉良益蔵との密通は、相川達也を思ってのことなのか。前に座る二人の強い光を宿した眼差しを見ていると、二人の奇妙な関係もあり得るなと思えてきた。

愛する女を仇敵《きゅうてき》にあてがうという非倫理的な行動など、私には理解できない。しかし、相川はできるのだ。それが人間としての器の大きさなのかと思ったが、それは違うと思い始めた。器ではなく、絆かもしれない。相川と品川の人間としてのつながりは、私が知り得ないほど深いものなのかもしれない。

相川が沈黙を破って再び話し始めた。

「三島さんと郷原は小学校のときからの親友でね」

初めて聞くことだったので、私は驚いた。相川が続ける。

「二人とも東北の貧農の家に生まれ育った。中学を出て集団就職で東京に出てきて、日本橋の呉服問屋に職を得た。同じ部屋に住み込み、二人とも汗を流して働いた。勤勉と体力が幸いして、二人とも成功した。だが、成功までの道のりが大きく違っていたんだよ」

三島は今回のことにほとんど関係していないと思っていた。いま相川が言ったことが事実だとするならば、私は根本的な調査能力が欠けていたことになる。相川と三島との関係を単なるヨット仲間と思ったことも、三島のことを孫を溺愛するじいさんとしか見ていなかったことも含めて。

相川はさらに続けた。

「三島さんは独立して、浜町に店を持った。問屋でありながら流通機能を強化していったので、川上の繊維メーカーにも、そして川下の呉服店や百貨店にも力を発揮できる地位を築いた。一方郷原は、世話になった問屋の金庫から金を盗んで逃げた。三島さんに相談もなかったそうだ。

三島さんが郷原に再会したのは何年も経ってからだが、そのとき郷原は広域暴力団の企業舎弟で、金貸しをしていた。それだけにとどまらず、ありとあらゆる黒い仕事に手を染め、一代で財産を築きあげていた。汚れた金が郷原を政治の世界に導いていったのだ」

「文科省推薦図書みたいなストーリーですね。善と悪。地道な努力と犯罪行為……」

相川は一瞬笑ったが、すぐに真顔に戻り、

「それでも、三島さんは郷原との交流を絶たなかった。言葉に出さなくてもともに苦しい道を歩んできたからだろう。人間のつながりは善悪では片づけられないと、三島さんはよく言っているよ」

「それなのにいま、郷原を許せなくなったのはどうしてなんですか。三島さんは相川先生の意向を汲んで郷原追い落としに協力してくれているのでしょう」

「笑わないで聞いてくれ。三島さんは昔の郷原に戻って欲しいのだよ。汚れたからだとこころをきれいに洗ってやりたいのさ」

笑おうとしたが笑えなかった。それを確認するような視線を私に注いだあと、

「二人は中学校三年のときに地主の家に盗みに入った。引き出しに入っていた五千円を懐に入れて逃げた。集団就職で故郷を離れる前に母親に贈り物をしたかったそうだ。翌々日三月十五日の新聞に小さな記事が載った。窃盗犯逮捕の記事には、知らない人間の名前が書かれてあったそうだ。三島さんはその新聞を手に上京した。三月十五日という日は三島さんと郷原にとって忘れられない日になったんだ」

もう笑う気持ちなどなかった。笑う気持ちが失せたのは、三島と郷原の逸話のためだけではない。話の途中から、私は別のことを考えていたのだ。頭の奥底に潜んでいたものが、ヒントとなって頭をもたげてきたのだった。正体がわからないまま、頭の中に沈んでいるものを探り出そうと焦っていた。

「どうされましたの？　顔色が悪いですよ」

「いいえ、何でもありません」と言い、窓の外の富士山を見つめた。思考を中断されて腹が立っていた。相川がまた口を開く。

「後日談があってね。初めてもらった給料から出し合って、地主に郵送したそうだ。匿名でだが。そして、三月十五日付の新聞にマッチで火をつけて燃やした。贖罪は終わっていなかったが、忘れたかったそうだ」

相川が話し終わったとき、思わず声をあげていた。目の前の二人が怪訝《けげん》な顔で私を見た。品川桃子が何か話しかけたようだが、私の耳を素通りした。頭の中にはいま、中洲の屋台での場面が映像となって浮かんでいた。

木内はライターで手元のメモ用紙に火を点けた。紙切れはあっという間に灰となった。燃え尽きた紙片の映像が私の頭から消えたとき、木内が言った言葉の断片が記憶の縁に浮かび上がってきた。

新聞社に同期会はあるのか？　おれが國広物産に入社したのはバブル最後の年、一九九一年だ。だから、同期会の名称も一九九一とつけた。そして、木内は胸ポケットから手帳を取り出して一枚破り、カウンターに置いた。ボールペンで「１９９１」と書いてすぐさまその紙片を燃やしたのだった。

二人のあいだでそれまで交わしていた会話の内容とは明らかに離れた話題を木内が持ち出したことに、そのとき奇異に感じていたのだ。まさか、そういう意味が込められているなどとは、当時は知る由もない。

「どうしたんだね」

相川の甲高い声が耳に届いた。我に返った。窓から日が差し込む。晴れやかな気分が私の胸を満たした。私は言った。

「暗証番号がわかりましたよ」

5

「明朝、早々に銀行に行ってくれないか。貸金庫に入っているものをすべて引き出して安全な場所に保管したい。三島さんのところがいい。彼には事情を説明しておく」

相川は暗証番号がわかった経緯を訊きもせず、眉間に皺をつくったまま続けた。

「業務上横領罪でっち上げで故人の山田健三を告発することはできないが、遺族に弁済義務を強制することはできる。家屋の差し押さえもあり得るし、銀行預金、貸金庫などもすべて差し押さえられる。当然ながら兄の健一も相続人なので対象となる。聞いたところでは、すでに郷原は法務省に圧力をかけている。山田健一の貸金庫が強制的に解錠される日は迫っている。だから一刻も早く、貸金庫の中の資料を手にしないと」

私は頷き、横に座る智彦に言った。

「BMWは熱海駅かい?」

「大丈夫ですよ。友達はバイクコレクターなので、もう一台借りてきます」

私は相川に言った。

「新幹線の中で刺されるのは嫌ですから、彼の運転技術に託します。一度命を助けてもらっているので、今度も大丈夫でしょう」

相川は頷いた。

「明日、銀行開店と同時に資料を引き出しますが、一緒に行っていただけますか」

「いや、きみと智彦くんとで行ってくれたまえ」

「相川先生がご一緒だと身の安全が保障されると思ったのです。お願いできませんか」

「それなら心配はない。私が近くまで付き添うし、配下の者を近場で見張らせる。大船に乗ったつもりでいてくれていい」

それなら吉良組も手を出せまい。


朝一番で貸金庫から資料を引き出すという相川との約束を私は守らなかった。向かったのは阿佐ケ谷の城西総合病院だった。面会開始時間ちょうどに病室に入った。智彦も一緒だ。

木内はベッドの上で生気のない目をあけていた。顔は包帯で覆われていた。掛け布団からはみ出した左腕には無数の切り傷の痕があった。鼻のチューブはなかったが、点滴の針は腕に刺さっている。

私が声をかけると、見開いた目をこちらに向け、一つまばたきをしたが反応が乏しい。何度も名前を呼んだが、木内の口から言葉は出てこない。そのうちぶるぶると震えだした。

「安心しろ、谷島だ」

まだ震えは止まらない。恐怖と猜疑心が木内の両目に走る。いたたまれなくなった。ひと言でも言葉を発してくれ。

「木内、聞こえるか？　親友の谷島だ」

それでもだめだった。あることを思いつき、言葉にしてみた。

「博多の海はきれいだったな。文子と三人で泳いだ玄界灘だ」

木内の目が私を見た。

「中洲の屋台で三人で飲んだろ。文子が真ん中、おまえが左隣、おれが右だ。一番酒が強かったのは文子だった」

木内の震えが止まった。

「ああああああ」

言葉にならない声が木内の口から漏れる。同時によだれが口の端から流れ落ちる。木内の目にわずかだが力がみなぎってきた。時間がない。私は話し始めた。

「おまえはおれにたくさんの嘘をついたが、仕方がないな。あそこにいた二人は一般人ではなく、刑事でもなく、吉良組だったんだろ。本当のことを話せるはずがない。だからおまえは演技していたんだな」

木内がゆっくりと首を縦に振った。「あれが精一杯だった」

「からだがきついだろうが、いくつか質問に答えてくれ」

木内が頷く。

「彼女のマンションには行ってないのか？」

「いや、行った」木内は認め、さらに続けた。「文子と再会したのは今年に入ってからだ。文子から連絡があったんだ。会ってみると妙なことを言いだした。山田健三と親しかった人間を探してくれないか、と」

「なるほど」

「おれは山田と親友だ、と言うと、貸金庫のカードを山田健三のお兄さんから譲り受けたが、暗証番号がわからないと。最も信頼できる親友に教えたらしい。だから、おれは山田の友達に片っ端から聞いていった。でも誰も知らないと言うんだ」

「文子は焦っていたろう?」

「ああ、何度も危ない目にあったようだ」

「それで、暗証番号は誰に伝えていたんだ?」

「おれだ。でもはっきりとではなかった。あいつと最後に会ったときに言ったことを考えてみたんだ。山田は、おれが死んでも一九九一の名簿からはずさないでくれ、と言ったんだ。一九九一で盛大に追悼式してやるよ、とおれは冗談を言った。あいつは例の事件で心身ともに弱っていたから、元気づけるつもりだった。あいつは、一九九一はおれの宝だ、とそんなことまで言った。何度も一九九一が出てきた」

「文子には伝えたのか」

「五月三日の夜、文子に電話をして、うちまで来てくれと言った。遅いからだめだと彼女は断ったが律儀にやってきてくれた。不確かだがと断って暗証番号を伝えた。文子は、貸金庫のカードは息子に預けているので、明日福岡に行って持ち帰り、その足で二人で銀行に行くという段取りを決めたんだ。そのあと、おれは文子をタクシーで自宅まで送り、部屋でお茶をごちそうになり、おまえとの再会話を聞いた。すでに十二時を過ぎていたので帰らなくてはと腰を上げたのだ。もう少しいればよかったと後悔している。まさか、あのあと吉良組がやってくるとは思いもしなかった」

言葉が出なかった。智彦はずっと黙って聞いている。母親のことを思い無念が募っているだろう。

「これから銀行に行く。おまえはいまどこに住んでるんだ？」

「女房と復縁した」

「住所を教えてくれ」

私は木内が言う住所をメモした。

「拷問を受け、自白剤を打たれたのは間違いないのか？」

「ひどいものだった。注射を打たれたが、それが自白剤かどうかはわからない。もうそのときは半狂乱になっていたと思う」

「よく持ちこたえたな」

「昔、同じような経験をしたんだ。仕事上のつきあいだったソ連の要人から、國広重工業の機密を探るスパイを要請されたことがある。おれは物産で兵器部門にいたからな」

「自白剤も経験済みということか」

「あれ以来、頭の中の記憶を消す訓練をした。メモに書いてそれを焼却するという技だ」

「おまえをこんな目に合わせたのは吉良組で間違いないな」

「間違いないと思う」

「確証はないのか?」

「品川さんが教えてくれた」

「品川は信用できる人なんだな。彼女は國広重工業の吉高真一郎の娘だからなのか」

「吉高さんは國広重工業の中興の祖だ。吉高さんはいまの日本の現状を憂えている。自分が兵器部門を大きく育てたことを悔いてらっしゃるんだ。それでいま、あの父娘は二人三脚で活動されて、相川さんがサポートに入っている。だからこそ、彼女と相川達也さんを信じ、おれはすべてを話したんだ」

すべてが理解できた。私の気持ちの中にあった相川と品川に対する疑念も、いまの木内の話で消え去った。二人を信じてもいいのだろう。

「退院はいつだ?」

「わからない」

「また飲もう」

木内の口元が緩んだ。病室を出ようとしたとき、

「ちょっと待て」と木内が引き留めた。

枕元に戻ると、木内が話し始めた。

「文子の義理堅さは尋常ではなかった。おまえが文子にプレゼントした赤い傘を、私の宝物だと何度も言っていた。文子は死んでしまったが、文子が命をかけて探し出した機密文書がもうすぐおまえの手に入る。文子も満足していると思う」

私の知らないところでさまざまなことが起こっていた。二十数年前に知り合い、わずかな時間を共有しただけなのに、そのつながりは私の想像以上に大きなものだったようだ。一人に深く感謝したいと思った。

病院を出て東京相和銀行本店に向かった。途中で相川に電話を入れた。東京相和銀行本店の前にある商業ビル内の「和辻」という和風喫茶で待ち合わせることになった。

貸金庫担当窓口に行き、手順に沿って操作し、ほどなく貸金庫をあけることができた。収納された物を引き出して点検する。

○総勘定元帳三期分——もちろん「ウラ」元帳。
○手書きの領収書十枚——発行元は多岐にわたる。ほとんどが世間で知られていない法人。合計総額約八億円。リベートだとすると、ごく一部に過ぎないだろう。

○東京相和銀行当座預金通帳過去三年分、同じく普通預金通帳三年分――いずれもコピー。
○写真三葉――①郷原浩輔＋桐山豊水＋國広物産社長　②郷原浩輔＋桐山豊水＋吉良組先代組長　③郷原浩輔＋桐山豊水＋光原光二（旧政権与党の大臣経験者）。
○電子メールのコピー――國広物産資源エネルギー課長と平政研（平成政治研究所）所長とのやりとり。平政研は桐山豊水がつくった右翼団体だ。メールの話題は、①カラリネン油田権益落札について、他社追い落としのシナリオ　②リベート交渉経緯、提供先選別、金額、郷原への謝礼、平政研の取り分　③日本の未開発海底資源動向
○事業計画書ファイルの一部――タイトルは「カラリネン油田採掘事業計画」。①海底資源開発をめぐる動向　②排他的経済水域概要　③タイムスケジュール　④予算（総予算一兆三千億円）⑤相手国要人対策　⑥国内要人対策（民自党、経産省、経団連、経済同友会）

紙類はこれだけではなかった。金庫の底に汚れたノートがへばりついていた。見覚えがあった。田所が使っていた取材ノートだ。胸の高鳴りを覚えながら手に取り、中を確認した。田所の筆跡に間違いない。これで、田所が事故死ではなく、他殺だと証明できよう。しかも、郷原、豊水、吉良組が悪の枢軸を形成して、日本の舵取りに影響する油田汚職に荷担したこと、さらに、國広物産を初めとした旧財閥・國広グループがリーダーシップをとっていることも明らかになった。

金庫の中に残ったもの二つ。
○DVDメディア一枚。
○ICレコーダー一個。
まず、ICレコーダーを再生した。聞き慣れた声が聞こえてきた。郷原と桐山の声だ。延々と続きそうなので、あとで聴くことにして、再生を中止した。

次に、智彦にノートパソコンを起動させた。DVDメディアを挿入すると機械音が数秒続いたあと、パワーポイントが現れた。

表題は「東シナ海有事シナリオ」となっている。スクロールすると目次が現れた。
①尖閣問題棚上げ論攻撃シナリオ
②海上保安庁法の拡大解釈
③メディア利用マニュアル
④愚民政策の実際
⑤日中戦力比較
⑥防衛力増強シナリオ
目次を見た限りでは、大した資料ではないようだ。この資料は何らかの勉強会用だろう。すべての資料を用意してきたアタッシュケースに収めた。

外に出て周囲を見回した。商業地だけあって人の行き来が多い。不安な気持ちがぬぐえない。

アタッシュケースを右手に持ち、さりげなさを装ってはす向かいのビルに入り、「和辻」のドアを押した。

「遅かったね」相川が言う。

「寝坊しました」と答えた。相川が無表情に頷いた。

「コピーはとったかね？」

「いえ。その時間はありませんでした。実は木内を見舞っていましたので」

「ああ、それは知っている」

なるほど、木内が安全に入院生活を送れているのは、相川が監視態勢をとっているからなのか。相川はそれ以上訊いてこなかった。

コーヒーを頼み、ウェイトレスが去ったあと、アタッシュケースを開いて相川に渡した。相川が一つひとつ取り出しテーブルに並べていく。テーブルには新聞が置いてあった。何気なく目をやると、社会面が開いてある。そこにある小さな記事に、私の目は釘づけになった。新聞を手に取り読み始めた。

吉良恒夫が殺された――。

世田谷区大原一丁目のマンション敷地内に倒れているのを住民が見つけ、病院に搬送されたが、すでに死亡していた。腹部三か所を刺されていた。五階のベランダから突き落とされたようだ。刃渡り二十センチの柳刃包丁が現場近くで発見された。指がすべて切り取られていたという。記事では暴力団同士の抗争を匂わせている。

読み終えたあと、思わず身震いした。新聞をテーブルに戻し、顔を上げた。

「吉良恒夫というのは吉良組の次期組長だったそうだよ。惜しい人材を亡くしたものだ」

と相川が言う。横に座る品川桃子が、

「暴力団って怖いわ」

と、無表情のまま言った。

私がどうにか言葉を出すまでに、たぶん二分ほどは経っていただろう。

「私の仕事まで奪ったのですね」

「きみには荷が重い」

「……」

感情が揺れ動く。

相川は私を無視して無造作に資料の点検を始めた。ときおり満足そうに頷く。すべてに目を通し終えたあと、

「金庫にあったのはこれですべてだね」

「すべてです」

と答えると、相川は穏やかな顔で頷いた。

「貴重な資料だ。日本の舵取りを正しい方向に向かわせるために、これからゆっくり使い道を考

えたい」

「木内も言ってました。相川さんを信頼していると」

「木内くんの傷が癒えたら、大きな仕事をしてもらいたいと思っている」

「彼は有能ですから、相川先生の片腕として力を発揮できるでしょう」

相川は「そうしよう」と言い、

「三島さんにも見てもらって意見を聞きたい」

昼過ぎに熱海へと出発することにした。

智彦が借りてきたカワサキの後部座席に乗った。軽い揺れのあと発進したカワサキはあっという間にスピードを上げ、前を走る四輪車を次々に追い越していく。気力がみなぎってきた。信号で停まったとき、智彦が言った。

「谷島さん、もっとしっかりつかまってください」

「ん？」

「尾行をまきます」

顔をずらしてバックミラーを見た。黒塗りのメルセデスがついている。信号が変わると、カワサキはゆっくりと発進した。もうすぐ東京ＩＣだ。そのとき、ある考えが浮かんだ。

「高速には乗らないでくれ」

「え？　どうしてです？」

「駒沢大学で左折して欲しい。自由が丘で少し遊んでいこう」

智彦は何も言わずに私の指示に従ってくれた。バックミラーには黒い影がずっと映っている。自由が丘からは北上するよう指示した。つまり東京方面に戻るルートだ。

「チャンスがあったらベンツを振りきってくれ」

「わかりました」

渋滞に巻き込まれ、なんとかメルセデスからの尾行を絶つことができた。

細い路地でバイクを停めてもらった。情報屋に電話を入れる。すでに貸金庫から資料を取り出したことは伝えていた。相川と三島への信頼はあるが、もう一つ保険をかけたい。

安全なコピー屋を紹介してくれと頼んだ、高速コピー機を複数台所有し、口が堅く、信頼でき、安心して作業ができるところだ。こころあたりがあると言い、すぐに連絡を入れてくれた。

教えてもらった場所にバイクを走らせ、情報屋も含めて三人で作業をスタートさせた。二時間かかった。紙類はコピー二部、DVDも同じく二部、智彦に焼いてもらった。ICレコーダーもDVDにコピーした。

作業が終了した。コピー二部のうち一部は福岡支局の神谷、もう一部は木内の新たな住居に送る。

期日指定ができる宅配業者が必要だ。情報屋がトランクルーム業者がいいと教えてくれた。ただ、そこはウェブ上でのやりとりが必要になるので時間がかかるらしい。段取りを情報屋に任せることにした。住所と二人への私信を書いた封書を情報屋に渡した。配達期日は一か月後を指定した。敵も悠長に構えてはいないだろう。一か月あれば私の生死もはっきりする。

「さて、そろそろ準備しようか」

　腰を上げると、情報屋が、

「オリジナルは相川さんの所ですね？」

「三島さんに預けると相川氏と約束したからね」

「相川さん、大丈夫でしょうかね」

　情報屋が言う。その意味はわかったが、そうそう人を疑ってばかりでは進むものも進まない。

「相川さんはそれなりのことはやっているよ。アメリカ隷属の現実から脱却しないと日本の社会経済文化すべてがだめになる。おれもその点には同意する。われわれの税金は日本国民のために使われるべきであること、これもそうだ。社会保障費には必ず財源の話題が出てくるが、軍事予算や海外での過度な金のばらまきについては財源の話は一切出ない。マスコミは御用新聞かと相川は言う。私はこれにも同意せざるを得ない。それとね、相川さんの活動で最も賞賛されるべきなのは、近隣諸国との友好を模索している点だ。近隣と仲良くしないで世界平和はあり得ないからな。そのためにワシントンでロビー活動を展開しているそうだから、応援したくもなるさ。それに、文子の仇も討ってくれた、まあ、私としてはその点は不本意だが」

　アタッシュケースに資料のオリジナルを収めた。情報屋と握手をしてから、カワサキの後部座席に座った。何台も車を追い越し、さらにスピードを上げていく。

熱海駅を過ぎ、三島邸に向かう。九十九折《つづらおり》をスムーズに走るカワサキと智彦の運転技術への信頼感が増していく。周囲への目配りは片時も怠らなかった。後ろからやってくる車は何台もあった。国産車だから、軽自動車だからといって大丈夫だとは限らない。智彦は器用に減速と加速を繰り返し、追尾車をやり過ごす。銃撃されればひとたまりもないが、それでも簡単に重要書類を手渡すつもりはない。文子がそうだったように命を懸けて応えなくてはならない。すでに私の気持ちの中で、死への恐怖はなくなっていた。

相川邸が見えてきたところで一旦停止した。周囲に怪しい影はない。

「じゃあ、三島さんに会いに行こうか」

智彦はカワサキを再びスタートさせ、三島邸の前で停めた。事前に相川が連絡すると言っていたので、三島は驚いた様子はなく、それよりも緊張感がからだ全体に走っているような印象を受けた。

「これを預かって欲しいのですが」

「話は聞いています」

三島はしばらく私たちの顔を交互に見たあと、

「船上で大麻パーティをやっていた不良グループがいましてね。人は悪くないので、つかず離れずの関係だったのですが、急にヨットに飽きたので買ってくれないかと頼まれたんです。船底に巧妙な仕掛けがありましてね。あそこなら全くわからない。安全は保障しますよ」

私は深く頭を下げた。

カワサキを外から見えない場所に停め、われわれは三島の車に乗った。運転席には智彦が座り、助手席に三島、私は後部座席にアタッシュケースを抱えて座った。

三島が振り向いて、

「これに移し替えませんか」

と、黒いケースを取り出した。何ですかと訊くと、

「ヨットの船底は湿気が強い。これは防水に強い材質でできているので安心ですよ。アルミでも大丈夫かもしれないが、長引くことを考えればこちらの方が安全です」

と言ってケースを私に寄越した。片手で受け取ろうとしたところ、ケースが私の手からすべり落ち、車の底を打った。

重い！

「実はこのケースはね、ヨットの元の持ち主である不良グループがマリワナ、ハッシ、ガンジャといった違法ドラッグを保管していたものなんですよ。葉っぱでも湿気《しけ》らずに保管できる優れものだと自慢していましたよ。不良には不良の知恵があるんですな」

私はあわててケースを拾い上げ、すぐに中身を移し替えた。向かう所はヨットが係留されているマリーナだ。

海は凪いでいる。帆船が数隻疾走している。帆は大きくふくらみ、静かで優雅な動きが目に心地よい。ほどなく目的地に着いた。駐車場に車を停め、私たちは海岸べりに向かった。

三島のヨットは帆柱に帆布が巻きつけられた状態でハーバーに浮かんで揺れていた。いかにも休んでいるという姿を周囲に誇示している。サイズは十メートルほどだろうか、私たちが乗ってもまだ充分すぎるほど余裕があった。

「ディーゼルエンジンが載ってましてね。体力が続かないときはついついエンジンに頼ってしまって、情けないですな」と笑う。「コックピットに細工がしてあります。これは量産艇ではないので、物入れ一つにしてもユーザーの思い通りに設計してあるんです。ここ見てください」

物入れと呼ばれるスペースには間仕切りがあって、いろんな機材が収納されていた。三島が左端のスペースに入っていたものを取り出した。空になったスペースを見てみろと言うので、私と智彦はのぞき込んだ。三島が端のレバーに触った。スペースの底がスライドして、下に新たなスペースが現れた。

「入りますか。きつきつかな?」

書類が入ったケースをそっと持ち上げ、スペースにゆっくりと落とした。すっぽりと入った。

「この通り、このケースもこれに合わせてつくった特注品なので、合わないはずはないんです」と、また笑った。

ヨットから降りて駐車場に戻った。

「飯でも食べていきませんか」と誘いを受けた。

三島邸で食事をごちそうになり、しばらく居間のソファでくつろいだ。お手伝いさんがコーヒーを淹れてくれた。居間には書籍、雑貨、美術品、工芸品が所狭く飾ってある。

三島の許しを得て、それらの品々を見て回った。スペイン独特のデザインが施された絵皿が数枚飾ってある。じっと見ていると、

「差し上げますよ」と三島が言う。

文子と知り合ったバーにも、これと同じようなアンダルシア風の絵皿が飾ってあった。

「遠慮なく頂戴します」

私は気に入った絵柄のものを三枚選んだ。お手伝いさんがクッションを挟んで包装してくれた。

私はそれを空になったアタッシュケースにしまった。

6

新宿東口のアルタ前でカワサキから降りた。行きたいところがあった。そこには一人で行きたかったのだ。文子と初めて出会った場所だから。感傷にふけるわけではない。ことが順調に進んでいることを天国の文子に報告するには最適の場所だと考えたのだ。

智彦は友達が近くにいるので会ってくると言った。

「私は阿佐ケ谷に戻るよ。十時には戻るつもりだ」

と言った。

「阿佐ケ谷、危なくないですか」

「吉良恒夫は死んだんだよ」

「でも、郷原は血眼になっているのではないですか」

「確かにそうだろう。でも、コピーはすでに二か所に送る手はずを整えた。私が襲われてもいずれあの資料は世の中に出る」

智彦は、「分かりました」と言ってカワサキに乗った。

智彦が遠ざかっていくのを見ながら、安堵した。これ以上、智彦を巻き込むことはできない。敵は必ず私を襲ってくる。

歌舞伎町に向かって歩き始めた。

周囲に昔の面影はないが、その店は店名も入口のつくりも以前と変わりなかった。店内に入りカウンターに座る。客はネクタイ族が二人と若いカップルだけだった。水割りを頼み、飲み始めた。いろいろなことが頭の中を駆けめぐる。疑問に思うことは星の数ほどある。

考え事をしているあいだに一時間が経過していた。店内に置いてあるテレビは九時のニュースを映している。その画面に私の目は釘づけになった。

「大日新聞社員の谷島広樹に逮捕状が出ました。谷島容疑者は、東京相和銀行の貸金庫から、すでに東京地検の取り調べ対象となっている資料を盗み出した疑いが持たれています」

勘定を済ませて店を出たとき、携帯が震えた。相川からだった。相川は三島から話を聞いているらしく、穏やかな口調だった。労をねぎらってくれたあと、打ち合わせのスケジュールを訊いてきた。

「干された新聞記者は時間だけはたっぷりあります」

明後日の午後一時に三島邸で会うことになった。

「ホテルに部屋をとろうか」相川が言う。

「ありがとうございます。でもきょうは自宅で休みます」

それ以上誘うことはせず、相川は「では明後日に」と言い、電話を切ろうとした。

「待ってください」と呼び止め、続けた。「私に逮捕状が出ました」

「知ってるよ。でも、大丈夫だ。私が対応しよう。防犯カメラはきみたちが合法的に動いていたことを映している。御上《おかみ》は逮捕までの手続きを変更することはできるが、防犯カメラの記録をつくり変えることは不可能だ。こじれたら私が有能な弁護士を雇おう」

総武線に乗った。電車はあっという間に阿佐ケ谷駅ホームに滑り込んだ。家に帰るつもりはなかった。家とは逆方向へ歩き、先日三人で話し合いを持った居酒屋が見えてきたとき、物陰で何かが動いた。

同時に腹に激痛が走った。男が目の前にいた。五分刈りの頭だけが見えた。男はすぐに私のからだから離れた。男の手にある刃物が暗闇で鈍く光った。アタッシュケースを振り回した。空振りだった。小さな笑い声がさざ波のように聞こえてきた。見回した。三人いる。顔も身なりも判然としない。暗いからではないようだった。腹を押さえ、うずくまった。背中と脇腹に男たちの蹴りが容赦なく降りそそぐ。顔を靴で踏まれた。力が加わる。アタッシュケースを持つ右手にも力がかかった。

三人とも無言で淡々と暴力を加えてきた。私はアタッシュケースを持つ手に力を込めた。

「はずれない」

初めて暴漢の言葉を聞くことができた。片言の日本語だった。この五分刈りの外国人は必死でアタッシュケースを私の手からもぎ取ろうとしている。私は指に力を込めてアタッシュケースを握った。

そのとき右手が突然激しい痛みに襲われた。見ると、手の甲から血が噴き出している。腹を押さえた左手にも明らかに血糊を感じる。いつのまにかアタッシュケースが私の右手から離れていた。男たちはアタッシュケースを奪って走り去った。

携帯で救急車を呼ぼうとしたが、血に染まった両手は動かない。意識が遠のく。何も考えられない。怒りも感じない。皮膚感覚も鈍り、ただただ横たわったままだった。ポロシャツは血で染まり、その範囲は拡大していく。地面に私の血液が広がっていく。声を出そうとしたが、出ない。閑静な住宅街だ。この時間は人の往来は途絶える。

暴漢が持ち去ったアタッシュケースの中はアンダルシア風の絵皿三枚。そして茶封筒には週刊誌二冊が入っている。雇われたヒットマンは依頼人に獲物を渡し、報酬を支払ってもらっているのだろうか。そして依頼人は中身が色鮮やかな絵皿三枚であることを知り、地団駄踏んで悔しがるだろう。エスニックなヒットマンも八つ当たりの対象となり、下手すると大けがするだろう。

自分たちの愚かさに気づけ！

少しだけ勝利したような気がした。しかし、それも死と交換できるほどの価値はない。やり終えたという充足感はある。あとは神谷と木内がきっとやってくれる。文子に背中を押され、命を懸けてきた。そして文子と同じようにもうすぐ死んでいく。相川達也が言った言葉が頭の中を駆けめぐる。

「フミちゃんはしみじみとした口調で、命には命をもって応えるのが人間の道、私の信条です、と言っていた」

命には命をもって……。

薄れゆく意識の中で、記憶の底に沈めていた思い出の箱のふたをあけた。中からは、文子の輝く裸体が出てきた。初めて文子と肌を合わせたときの記憶が甦る。限界が迫る。あの世で文子と談笑する場面を想像すると、痛みが少し薄らいだ。

遠くからエンジン音が聞こえてきた。軽やかな音が爆音となって近づいてくる。しかし、私の聴覚は徐々にその音を拾うことができなくなっていく。

そして闇が訪れた。

7

からだが重い。

ついに死後の世界にやってきたのか。それにしては蒸し暑い。ハエが飛び交っている。

耳を澄ますと空調の音のようだった。

私は生きているのかもしれない。

目をあけようとしたが思う通りにひらかない。手で目頭を押さえようとしたができない。右手も左手も動かない。深呼吸すると鼻の奥に痛みが走った。

ゆっくりと時間をかけて目をあけた。今度はうまくいった。

四つの目が私を見下ろしている。

視界が徐々に鮮明になっていく。相川達也と智彦だった。

二人とも無言だ。

どうにか気持ちの余裕が生まれた。右手に包帯、静脈に点滴の針、鼻にはチューブが刺されている。腹部は掛け布団で見えないが、強く固定されている感じがある。

周囲を見回した。病院とは思えないほど汚れている。窓がない、蛍光灯は薄暗い、ゴキブリでも逼っていそうに思えた。

「気分はどうだね」相川が言った。

「もうひと暴れできそうです……という冗談を言うのもきついです。自分がいかに能天気かということがおかげさまでわかりましたよ」

「慎重に行動するのは私が生きてきた世界では常識だ。そうしないとこちらの身がもたないのでね、きみは粋がっていても所詮素人だから仕方がない」

「阿佐ケ谷まで来てくれたのですね」

「吉良組のやり方はよくわかっている。実に単純なのさ。智彦くんに聞いたが、高速で尾行をまいたところまではよかった。でも、そこで自分は狙われているのだということを頭にたたき込むのが普通だ、能天気というよりは行動の論理性に欠ける、つまりアホだ」

二の句が継げなかったが気を強くして返した。

「アホなりに考えたことがあります。たぶん三途の川を渡り損ねたのも、真相を知るまでは死ねないという意地があったんですよ。腑に落ちないことだらけですからね。そもそも先生は私たちを巻き込んで何が楽しかったんです？」

「笑わないで聞いてもらいたいが、私は国士なのだよ。日本の行く末を憂えているのだよ。私の行動はすべてそこから発している。きみは巻き込まれたと思っているかもしれないが、そうではない。きみの狙いと私の思いは一致している。あとは些末なことだな」

「些末なこと？　私がこうやって殺されかけたことも？」

「きみが望んでしたことだから、私に文句を言う筋合いはないだろう。ただ、文子さんの件だけはお詫びしたい。まさかあんなにすぐに吉良組が彼女を襲うとは思わなかった。私の判断ミスだ」

そのときドアがノックされ、小太りの中年女性が入ってきた。白衣を着ている。白衣は私のところにまっすぐ歩いてきて、顔をじっと見つめた。

「気分はよさそうね」

白衣が言う。

「生きているみたいで、不思議な気分ですね」

「あらあら、冗談が出るのなら大丈夫ね。でもまだ疲れた顔しているから、鎮静剤出しましょうね。眠った方がいいわよ」

「お世話になったみたいで、ありがとうございました」

と言うと、白衣は一瞬考えたあと言った。

「仕事だから礼はいらないけど、感謝されると嬉しいわね。死にかかっていたのを助けるって、とてもエキサイティングなことよ。それから余計なことだけど、相川さんに感謝の言葉を伝えたの？」

「いえ」

「あなたが死ななかったのはこの人のおかげよ。瀕死の状態のあなたをここに連れてきたんだから。そうねえ、あと三十分遅れていたら、あなたはこの世にはいなかったわね」

白衣は笑いながら病室を出ていった。ドアが閉まる音を聞いたあと、相川に尋ねた。

「前に先生とお会いしましたね。あのとき文子殺しに話題を移したとき、なぜ話をそらしたのです？」

相川は即答した。

「品川桃子がいたからだよ。彼女は吉良組先代組長の愛人だったんだよ。いまでもそうなのかもしれないがほんとのところはわからない。そんな彼女の前で話せるはずないだろう」

「暴力団組長の愛人を囲うのはスリルがあって楽しいかもしれませんが、よく品川さんに愛想を尽かしませんでしたね」

「先代はもうすでに九十歳を過ぎている」と言ったあと笑みを浮かべて、

「愛人が何をしようと自由だと私は思っているのでね。私も自由気ままに生きているのだから、彼女を束縛することも、非難することもできはしない」

「しかし、別荘から駅まで送っていただいたときには品川さんはいませんでしたが」

「子供連れの男女が私たちにまとわりついていたのを覚えてないか？」

「あれは普通の家族でしょう」

「男は最近、つまり政財官暴の極秘会合から私が降りて以来、私の周辺をうろちょろしているやつだよ。女は熱海の売春宿の女将、子供は連れ子だ。夫婦でも何でもない」

私は絶句した。

「文子殺害を指示したのは品川桃子なのですか」

「いや違う」

「どうして断言できるんです？」

「品川が文子さんを殺す理由はないからね」

「では、誰です？」

「先代吉良組組長だよ。先代と民自党の郷原は古いつきあいでね。その郷原に今回の件で脅迫状が来て、焦って組員に調べさせていたというわけだ。で浮上したのが、柳原文子と木内靖大だった。文子さんがいろいろとかぎ回っていること、木内くんが今回の資料の提供者である山田健三と同期だということを吉良組はつかんだんだな。二人にはずっと尾行がついていたよ。きみは木内くんと二度、二人だけで会ったと思っているだろうが、そのとき、その場所には尾行がいたはずだ」

「サラリーマンや若いカップルでした」

「そう、最近の極道は外見ではわからない」

私は頷いた。

「まあいい、木内くんは身辺が不穏になっていることを肌で感じ始めていた。そういう男はぺらぺらとしゃべったりはしないものだ。私だって同じだ」

「方法はいくらでもあるでしょう。封書で送るとか、電話で話すとか、メールするとか」

相川はしばらく考えたあと、

「きみの家にも盗聴器が仕掛けられているだろう。封書は開けられる、ペアリング技術も発達したから携帯の盗聴も可能かもしれん。監視社会の先をいっているのは極道の世界だよ」

黙って頷いた。

「それに、文子さんがカードを持っていること自体、直前まで私は知らなかった。身辺があわただしくなったときに相談を受けたのだ。そのときは内容を知らなかったので何とも言えなかったが、山田健三のものだと聞かされたときに、私はこの件で文子さんの手助けをしようと思った。山田健三は商社の経理部長で、以前話した極秘会合にも出席していた人間だった。商社だからODA絡みの文書を持っているのは当然だが、それだけでなく、中国、とくに東シナ海の利権にやっきになっていた國広物産の金庫番だ。私のライフワークであるアジアの安寧《あんねい》に大いに役に立つと踏んだ」

「それは資料を見たときに理解しました」

睡魔が襲ってきた。鎮静剤が効いてきたようだ。

「眠った方がよさそうだね。また明日来よう」

相川達也は病室を出ていった。

三週間の入院・加療のおかげで、ようやく退院の許可が出た。

退院の日、相川達也がハイヤーを手配してくれた。着いたところは、新宿の高層ホテルだった。相川は電話で、「からだが元に戻るまでそこで静養しなさい。貴重な資料の活用についての話し合いはまだ先だ」と言った。

豪華なホテルは一人で泊まるには広すぎた。情報屋と智彦を呼び寄せ、冷蔵庫に常備してあるベルギービールを昼から飲んだ。日本の一部にはびこる負の部分に鉄槌を下す証拠を命がけで手にいれたのだから、一生に一度あるかないかの贅沢をしても悪くはないだろう。

すでに睡眠導入剤は必要なくなり、退院のときには覚束なかった歩行も全く問題なくなった。そして何よりも嬉しく思ったのは、気持ちが前向きになったことだった。私は、再び以前の頑強なからだとこころを取り戻すことができたのだ。

三島から電話があったのはホテル住まいを始めて一週間ほど経ったころだった。

「明後日の午後一時に熱海の相川邸にお越しいただけませんか」

「もちろん参ります。いまかいまかとお待ちしておりました」

「そのときには、例の資料をヨットのあそこから引き出して持参いたしますよ。心配しないでください。資料が盗まれることはありません」

「では当日、楽しみにしています」

と言い電話を切った。情報屋と智也にもその旨伝えた。同行を頼んだが、情報屋はやんわりと拒否した。「私の仕事は終わりましたから」と言った。彼はときおり、情の厚さを隠してドライさを表に出すことがある。

熱海には智彦と二人で行くことにした。智彦は母親の死という不幸を忘れるかのように果敢に行動してくれた。彼がいなかったら、私は命を失っていた。ただ、気丈な智彦も一瞬だが憂いを帯びた表情でじっと一点を見つめていることがある。人間はそう簡単に悲しみから抜けだすことはできない。

そうこうしているうちに、三島との約束の日がやってきた。


日はすでに頭上にあり、この季節にしては強い日差しだ。

潮の香りが鼻をかすめた。海辺の散策は私の日常では縁のないことだったが、きょうは特別だった。

温暖な気候に恵まれたところで育った人間は性格が穏やかだと聞いたことがある。その信憑性は定かではないが、三島には当てはまるように思えた。三島は私と智彦の前に立って、潮の香りに引き寄せられるように歩いていく。相川達也の別荘の門をわれわれがくぐったのは、太陽が雲に隠れて瞬間日差しが途切れたときだった。

三島はいつからここの住人になったのだろう。

そう思ってしまうほどこの家屋を知り尽くしているようだった。家が近いし、頻繁に訪れていたことは事実ではあろうが、客として知っていることと住人として知っていることとは違うはずだ。この別荘を相川達也から購入した、あるいは譲り受けたのかと一瞬思ったりもした。

別荘の庭を玄関に向かって歩いているとき、三島は、「実は相川さんはきょうはいないんです」と言った。私が黙っていると、三島は続けた。

「急にワシントンに行くことになったそうです。ドタキャンしたことは申し訳ないが今回の件と関連することだから行かないわけにはいかない、すまないと伝えて欲しいとのことでした」

「承知しました」と私は答えた。

靴をきちんと揃えた。まっすぐに伸びた廊下は磨き抜かれている。奥の部屋に通された。六脚の椅子とテーブルがある。智彦は窓辺に立って海を眺めている。

私は三島に言った。

「きょうは私の全快祝いをしてもらえるということですね。それとも今後の展開について温めているアイデアを披露した方がよろしいのですか」

三島は、笑い、

「まあ急がずに、どうぞお座りなさい」

と答えた。私は言われた通りにした。テーブルの真ん中には大きめの灰皿が一つ置いてある。

三島が手元の鞄から何やら取り出した。白い封筒だった。テーブルに置かれ、三島は右手で封筒を私の方に滑らせた。表には私の名前が書かれてあり、裏には相川達也の署名がある。

「あとで読んでください」

と言う。私は頷いたが、三島の言葉を無視して、封がしていないのをいいことに中に入った便せんを取り出しにかかった。

三島が「あっ」と声を出した。何を驚いているのだ。悠長に構えるのが私は苦手なのだ。

とそのとき、ドアがノックされる音が聞こえてきて、私は半分姿を現した便せんを持つ手を止めた。私はドアを凝視した。

もう一度、ドアがノックされた。

三島が立ち上がり、ドアに近づく。三島がフローリングに刻む足音のリズムに同調するように私の胸の鼓動が動く。三島がドアの取っ手をにぎり手前にあけた。

ドアから姿を現した女に、私の両目は釘づけになった。松葉杖をついている。

現れた女は私をじっと見つめ、

「二十三年九か月ぶりってとこかしら」

と言った。

「いや違う。半年ぶりだ」

と返すと、女は微笑み、

「三島さんにすべてを聞いたわ。命を顧みずに危ない橋を何度も渡ろうとしたことを。もしかしたら、あなたは死んでしまうのではないかと、私は怯えていた。あなたは、私が死んでいると思っているのだから、あの世で会えるとでも思ったかもしれないけれど、私はこのように生きている。あなたとは天国ではなく、この地上で会いたいと願っていたの。ようやく実現したわ」

黙っていると、「何か言ってよ」と不満気な顔をした。「沈黙が何を意味するか考えてくれ」と突き放すと、女は悲しそうにうつむいた。

「死の淵から生還すると、人間も変わるものなのだな」

「どこが変わったって言うの？」

「きみの悲しそうな表情を、おれはこれまでに一度しか見たことがない」

女が何か言おうとしたので、それを制して私は続けた。

「ところで、その松葉杖はいつ不要になるんだ？」

「先生の見立てではあと三か月だそうよ。どうして、そんなこと訊くの？」

「松葉杖のまま、博多の海で泳いだり、中洲の屋台で飲んだりはできないからさ。二か月あれば、木内も快復するだろう。昔話に興じる趣味はおれにはないが、今回は特別だ」

女の目から水滴が落ちた。

脳裏に、ある光景が浮かんだ。二十数年前の私のアパートでのことだ。あの日の夜以来、私の頭には、ゴッホが描いた「星降る夜、アルル」が焼き付いている。コバルトブルーの空と星のまたたきが溶け合い、力強い星群とそれを反射して水面で淡い光を放つ黄色。そのイメージは何かにつけて私のこころに現れては、甘美と苦みを放ち続けた。

松葉杖をついた女がドアから現れたときにも、その画像が頭に浮かんだ。しかし不思議なことに、たったいま画像は消えた。なぜだ？

「ハグしていい？」

女の唐突な言葉で我に返った。困惑した私は数秒黙ったあと答えた。

「だめだ。順番を間違えている」

私は窓辺に立つ智彦に視線を移した。

女は子供のようにこくりと頷いた。目から再び水滴が落ちた。

女は智彦に近づき、松葉杖を放り出した、よろける女を智彦が両手で支えた。女はか細い両腕を智彦のからだに巻きつけた。

「智彦、ごめんね」

女は声をあげて泣いた。

文子が生きていることを、私はいまようやく実感した。

湘南の海はいつもと変わらず、コバルトブルーの大海原が光のつぶを浴びてきらきらと輝いている。その反射光が窓辺の二人を照らす。

文子の目に、もう涙はない。

☆

察しのいいきみのことだから、すでにわかっていたとは思う。やむにやまれぬ事情があったとはいえ、文子さんを死んだことにしたことは、きみと智彦くんに謝らなければならない。しかし、ほぼ絶命していた彼女を蘇生させた医者と、手配した私に、少しでいいから感謝してもらいたい。彼女はまさに九死に一生を得たのだから。

彼女を生き返らせてくれた病院は、すでにお気づきの通り、きみを助けてくれた所だ。表向きは普通のクリニックだが、必要に応じて私の要望を聞いてくれる。理事長と昵懇《じっこん》の仲なのでね。

マンションの中庭で倒れている柳原文子を最初に発見したと報じられた男は、私の協力者だ。彼は一部上場企業に勤める男。機転が利くし、飲み込みが速い。

倒れている文子さんの容態を見て、その男に指示した。まずガラケーで偽の救急車を呼ぶ。私と文子さんが車に乗って病院に向かったあとすぐに、いつも使っているスマートホンで一一九に連絡をすること。本物の救急車がやってきたときは狐につままれたように演技しろと。彼は難しい役を一流の俳優のようにこなしてくれたようだ。

偽の救急車は私と瀕死の文子さんを乗せて、例の病院に急行した。事前に携帯で事情を説明してはいたのだが、きみの命を救ってくれたあの女医は、文子さんを見たあと「難しい」と言った。しかし彼女の顔には「任せて」と書かれてあった。私は彼女に全幅の信頼を寄せているのだよ。

さて、協力者の男に「狐につままれたように演技しろ」とは言ったものの、警察が甘くないことは言うまでもない。死体が消えたとなると、成り行き次第では厄介な事件として捜査が開始されるのは当然だ。だから私は、消えた死体は柳原文子とは別人だと思わせることにした。協力者が警察に言った「六十過ぎに見えた」という言葉は、私の意を汲んでくれた彼のアイデアだった。協力者の男は警察の事情聴取に、「倒れていた女性はやってきた救急車で運ばれました。しばらくするともう一台救急車が来たので、何がどうなっているのかわからなくなりました」と答えたそうだ。

彼の筋道の通った受け答えと人を信用させる演技力は大したものだが、一部上場企業のエリート社員という肩書も、うまくいった大きな要因だと思う。日本人は社会に認められた会社や仕事にはめっぽう弱い人種だからな。

とはいっても、矛盾だらけなのだから、急ぐ必要があった。女医が手術しているあいだに、病院のスタッフから智彦くんに電話を入れてもらった。翌日昼前に病院に到着した智彦くんは、遺体（もちろん死んではいないのだが）が母・文子であることを確認した。さらに、東京で火葬し、福岡では遺骨で葬儀を執り行うことに同意してくれた。病院スタッフの巧みな説得が効いたのだが、運がよかったのかもしれない。

火葬にされた人物の名を私は知らない。あの病院が防腐処理を施こして保存している遺体の一つを、無理を言って提供してもらった。

こういったことは、病院も、葬儀社も、火葬場も私がかつて面倒をみてきた人間が経営しているからできたことなのだ。

警察は柳原文子が病死したと事実認定し、マンションの庭で死にかけていた女性は別人だと結論づけた。そうなると、私の協力者が言った「六十過ぎに見えた女性」が誰だったのか、その女性はなぜ偽の救急車で運ばれたのか、その真相究明が必要になる。

しかし日本の警察は死体が出なければ事件として扱わないという悪しき習慣がある。六十過ぎの女性の死体は出てこない。実在しないのだから出てくるわけがない。乗り捨てられた救急車は改造されたものだった。となると、警察は動きようがないというのが実態だ。

きみはここまで読んで、吉良組のことが頭に浮かんでいるのではないだろうか。

吉良恒夫が文子さんを恫喝し、刺し、家を荒らしたのは事実だ。となると、吉良組と吉良恒夫にとっては、文子さんに生きていてもらっては困ることになる。生きていたら、文子さんによってすべてが世間にばらされるからだ。

それを恐れたであろう吉良恒夫は、二人のチンピラを連れて病院に確認に行っている。病院側は病死と言ったが、事実を知っている吉良恒夫はもちろん納得しない。そこで理事長が説明にあたった。

理事長は平身低頭を装い、「厄介なことは避けたかったので病死ということにしました」と答え、「すでにここに着いたときは亡くなっていました」と答えてくれた。吉良恒夫を安心させるためにね。

あの吉良恒夫という男、保身に走る小物でしかなかったようだ。

ここまでが私が説明できるすべてだ。きみにはまだまだ訊きたいこと、不満なことがあることは承知しているが、きみがこれ以上質問をしても、私は答えないので悪しからず。

それから、当然、わかっていると思うが、この手紙は読み終えたら燃やし、この世から消し去ってくれたまえ。そのためにテーブルに大きな灰皿を用意してある。

木内くんが暗証番号を書いたメモを燃やしたように。

著者プロフィール

織江耕太郎（おりえ・こうたろう）

一九五〇年、福岡県生まれ。早稲田大学政治経済学部卒業。
主な著書に、『キアロスクーロ』（水声社、二〇一三年）、『エコテロリストの遺書』（志木電子書籍、二〇一七年。英訳・西訳あり）、『浅見光彦と七人の探偵たち』（内田康夫らとの共著。論創社、二〇一八年）、『記憶の固執』（Zapateo、二〇一八年）、『暗殺の森』（水声社、二〇一九年）などがある。

星降る夜、アルル

2019年11月5日　初版第1刷印刷
2019年11月15日　初版第1刷発行

著　者　織江耕太郎

装　丁　奥定泰之

発行人　森下紀夫

発行所　論 創 社

〒101-0051　東京都千代田区神田神保町2-23　北井ビル
TEL:03-3264-5254　FAX:03-3264-5254　振替口座 00160-1-155266
WEB:http://www.ronso.co.jp

印刷・製本　中央精版印刷

組版　フレックスアート

ISBN978-4-8460-1888-7